巷の三代記

乾　明

これは明治・大正・昭和の三代を生きた市井の人の物語である。

目次

第三章

第一章

記憶

庭のすべてが桜の花でうす紅色に染まるなか、一才の弟を連れて母が家を出ていきました。表通りに消えたその母の姿を、泣きながら一途に求めている遠い記憶が閉じた目の裏に映っています。

半月ほど前、一太郎は自宅で転んで動けなくなり近くの病院に運ばれたのですが、思うように回復せず入院が長引いていました。仰向けに寝かされ、目に入るのは白い天井だけです。目を閉じると様々な記憶がまぶたに映り、頭のなかは時と場所が入り乱れてしまうのでした。

この混乱した感覚も誰かと話している間は現実に戻るのですが、九十才ともなると見舞いに来る人もあまりいません。同居している五十路《いそじ》の娘が肌着をとりかえに来るくらいでした。

この日は遠い記憶を話の種に、娘を少し引き止めてみました。

「トヨ子が来る前に、ワシの母親が家を出ていった子どもの頃を想い出していた」

「そんな古い話、オトウさんから聞くのってはじめてね」

「ああ、幼い頃のわずかな記憶だから、今まで人に話したことはないが……」

と、先ほど天井に見た母のおぼろな後ろ姿のことを話しました。

　母親が家を出てからは祖母が親代わりでした。その祖母のおツタは、残された四才の一太郎を膝にのせては「不憫《ふびん》な子だね、でも、この家はお前につがせるからね」と、くり返し、その家が幸せだった頃の話を聞かせました。

　何度も同じ話を聞くうちに、自身が見たように脳裏に残る祖母の話を、娘のトヨ子に聞かせることにしました。

「オバアさんの亭主、つまりワシのオジイさんの七兵衛さんは、越前福井の羽二重問屋の部屋住みだったようだ」

「ずいぶん昔の話ね」

「そう明治維新の前、幕末の長州征伐の出兵で大騒ぎの福井の城下を出て、遊び仲間と江戸にやってきたそうだ」

　その仲間、七兵衛と同様の商家の次男坊や三男坊たちは、一旗挙げるつもりで江戸に出てきたのでしょう。それぞれ商店や料亭に働き口を見つけたのですが、七兵衛は武家が金策で手放す馬具骨董に目をつけました。それを豪商の旦那衆や横浜の外国人相手に斡旋する商いをはじめたということです。

そして、幕府将軍が十五代慶喜公に代わった頃、七兵衛は家系の途絶えた半田屋という商家の株を買いとり、その屋号と上野広小路の小さな店を手に入れました。ちょうどその頃に麻布の町娘の柳川ツタと見合いをし、縁あって結婚しました。

「町人の娘などは武家とちがって信用できる仲人からの話なら、知らない人とでも親は見合いをさせたものさね」

と、おツタは七兵衛オジイさんとの出会いをそんな風に話していました。

おツタが嫁いだ頃、江戸城二の丸の火事や薩摩藩邸の焼き討ちなどがあって、江戸市中は騒々しくなっていました。年が明けて慶応四（一八六八）年正月、京都で薩摩藩と長州藩が倒幕の兵を挙げました。そして幕府軍が破れ、将軍慶喜公は大坂から江戸に戻り上野寛永寺に謹慎したという話が伝わりました。

「薩長の軍勢が明日にも攻めてきて、江戸が火の海になる！」

という巷《ちまた》の噂に町中がおびえました。しかし、実際には江戸は戦場にならず、四月下旬には何ごともなく新政府の支配下となりました。

これで市中は平穏になるかに見えましたが、それより二か月前の春先、慶喜公出身の一橋家ゆかりの者が、密かに慶喜公の助命や復権について話し合っていたらしいのです。そして、その一団は浅草本願寺で行われた会合で、改めて「彰義隊」と名乗り血判状をつくるまでにふくれあがってしまいました。

旧幕臣たちは、新政府が彰義隊を幕府の軍隊と誤解するのを恐れ、彼らに「江戸市中取締り」という夜回りのような名目を与えました。

ところが、この噂を聞きつけた旧幕府ゆかりの者や町人、博徒侠客までが集ってきて千名をこえる規模になりました。そして、拠点を上野寛永寺へ移したため、上野近辺では彰義隊と薩摩・長州の警備兵がしばしば衝突し、上野広小路の半田屋の近辺も物騒になりました。

新政府は、彰義隊から「江戸市中取締り」の肩書をとり上げて武装解除を命じ、従わなければ武力討伐すると宣言しました。しかし、彰義隊はこれに従わず戦うと決めたのです。

慶応四年五月十五日、新政府軍から宣戦が布告されました。午前七時ごろに上野広小路の黒門口や団子坂、背面の谷中門で両軍の撃ち合いがはじまりました。新政府軍は新式のスナイドル銃を使って攻め、佐賀藩のアームストロング砲や四斤弾の山砲を加賀藩の上屋敷（現在の東京大学構内）に据え、不忍池《しのばずのいけ》をこえて上野の山を砲撃しました。

東照宮の辺りに本営をおいた彰義隊は、山王台から応射しました。しばらくして、西郷隆盛が指揮していた攻撃隊が黒門口から突入し、銃や槍、刀による凄惨な白兵戦となりました。

その日、付近の住民たちと同じように、七兵衛とおツタも銃や大砲の音にすっかりおびえていました。

おツタは孫に、「店の表戸をしっかりと閉めて、戸のすき間からオジイさんと息を殺して外を駈けまわる侍たちを見てたのよ、食事も忘れて戦いが終わるまで……」と、若かった二人が顔をくっつけて見ていた昔の戦の様子を話すのでした。

夕方には、敗けた彰義隊の人たちは根岸方面から北へ敗走したようでした。後の話では、幕府軍艦頭の榎本武揚がひきいる艦船に拾われた者もいて、水戸の平潟港から磐城、会津方面へ落ちのびたという噂でした。

七兵衛とおツタのような町人たちにとっては、戦いが終わればすぐに日常の商いに戻って稼がなければなりません。だが上野のお山の戦が終わってから、つぎつぎと大きな変化がおこりした。

その夏には「江戸」を「東京」と呼ぶお触れがあり、秋には、前年の一月に崩御された孝明天皇の後を践祚《せんそ》された新天皇が即位しました。元号は、その年「慶応四年」の一月一日にさかのぼって「明治元年」と改めることになりました。

新天皇は、即位した翌月には京都を発って三千人あまりの新政府軍に護られ、二十日がかりで江戸城に到着するという東京遷都《せんと》の大行事がありました。

しかし、京都や大阪では人々の動揺が大きく、新天皇は何度も東と西の行幸をくり返しました。東京が日本の首都になったと、庶民でも感じられるまでに三年はかかったと言われます。

新橋と横浜の間に鉄道が開通した明治四（一八七一）年に、商人にとってさらに重要なお触れがありました。貨幣単位の一両（四分、十六朱）が一円（一〇〇銭、一〇〇〇厘）に変わったことです。

七兵衛は外国人との商いでドル貨幣を使うこともあって、十進法の円にはすぐに慣れました。しかし、町民相手の商いでは、両・分・朱を十進法の新貨幣と換算するのは面倒なことでした。さらに、ときどき変わる新政府の官札などにも翻弄《ほんろう》されることがしばらく続いたのです。

「両替にはほんとに苦労しましたよ、とにかく世の中はたいへんな変わりようで……」と、おツタは当時の苦労話を幼い孫相手にひとり言のように話しました。

それでも七兵衛の商いは順調で、翌年おツタに息子の由次郎も授かりました。その年の暮れから太陽暦の「新暦」をとり入れることになって、長く使われてきた陰暦の天保暦《てんぽうれき》が「旧暦」となりました。

明治五年十二月三日が西暦一八七三年一月一日なので、この日を明治六年一月一日とする新暦のお触れが出ました。いつの間にか、その年の大晦日は暦の上では消えたことになりました。

年中行事も生活の節目も商売の書きつけも、陰暦の習慣で昔から成り立っていたので、新暦、旧暦、西暦と三通りの暦を読み分ける悩ましさは日々の生活から大福帳にまで及びました。

それから二年後には「平民も苗字をもつべし」というお触れが出て、半田屋七兵衛は、生まれ故郷の越前福井藩に因んで「福井七兵衛」と名乗ることになりました。この苗字で先祖代々の墓を浅草の浄雲寺に設け、東京という呼び名にも慣れたこの地を新しい故郷と決めました。

おツタは「世の中が鹿鳴館やら文明開化やらと、にぎやかになってきた頃には、半田屋の商いも番頭さんや使用人を置くくらい繁盛してね、オジイさんは贔屓《ひいき》にされた本郷の岩崎邸にもよく出入りしていたのよ」

と、目を細めて景気のよかった半田屋をなつかしむのでした。

武家屋敷から買いとった書画骨董の上得意の商いは、言い値でさばけていた外国人相手から、次第に新時代の富豪や華族などの階級人たちに広がりました。

祖父もかなり贅沢な生活ができるようになり、上野広小路の店のほかに深川に半田屋の「寮」を建てました。それは商家の別荘のようなもので、そこに家族で住むようになりました。七兵衛とおツタには長男の由次郎、長女のシン子、次女のヨネ子、それに三女のイチ子と、子ども四人の六人家族のほかに女中さんが二人いました。

その頃、朝鮮半島では農民蜂起がおこっていて、治安のために出兵していた日本と清国の軍隊が明治二十七（一八九四）年の夏に衝突し戦争になりました。

この日清戦争では多くの若者が戦死して両方の国は疲弊しましたが、一年後の春には英国の仲介で講和が成立しました。日本は、清国から国家予算の四倍を上まわる賠償金と台湾を手に入れ、国中が戦勝気分で沸き立ちました。

その戦勝景気で、半田屋の商いもますます活況でした。東海道線に急行列車が神戸まで走るようになって、七兵衛も足しげく京都に通うようになり、本格的な美術商となっていました。

その頃のことを祖母のおツタは、「昔、オジイさんには京都にいい人がいたようだったがねエ」と、幼い孫を相手に小声で愚知っていました。

しかし、当時は夫の商いが順調で、おツタ自身も贅沢な生活ができていたようです。四人の子どもたちの世話や家内の始末は女中たちにまかせ、亭主のことより鹿鳴館の舞踏会や歌舞伎絵などの流行《はや》りの錦絵を蒐集するため街歩きに忙しかったようです。

この裕福な家庭で気ままに育った長男の由次郎は、働くことを知らぬまま、親の商売を手伝うでもなく成人しました。その息子が二十代も後半になると、さすがの七兵衛も将来を案じて、京都の商売仲間を介して彦根藩の家老だったという士族の娘に目ぼしをつけました。

　廃藩置県で職をなくした元家老は、裕福な商家に娘の将来を托そうと決め、その松江という武家娘を七兵衛の息子に嫁がせました。

　そして、日本が近代国家の体裁を整えはじめていた明治三十（一八九七）年の春、由次郎と松江の第一子が半田屋の深川の「寮」で誕生しました。

　七兵衛とおツタは初孫の命名を気にしていましたが、父親になった自覚に乏しい由次郎は、男の子は昔から〇〇太郎、最初の子なので「一太郎」と安易に名づけて届けを出したそうです。

「へえー、オトウさんの名前の由来って、そんな簡単な話だったの」

「まあそんなところで、ワシは両親との縁が薄いかわいそうな子だったのさ」

と、病床の一太郎は娘のトヨ子におどけて見せ、また昔話を続けました。


　祖父の七兵衛は、その頃すでに五十才をすぎて、世間では隠居して長男に家督をゆずる歳《とし》ごろになっていました。店にいても商売でとび歩くより書画骨董の目利きとして鑑定の依頼が多くなっていました。それに、富豪たちとの私的なつながりで成り立っていた美術商も、上得意がつぎつぎと企業財閥の会社組織となって、個人的な商いをするのはむずかしい世の中になっていました。

当時、上野の不忍池に沿って北に進むと谷中清水町というお屋敷町がありました。七兵衛は、それまで住んでいた深川の「寮」を手放して、清水町の西南の角に八十坪くらいの土地を買って、和風の庭を配した数寄屋造りの屋敷を構えました。

それは、書画骨董や古美術品、刀剣類の鑑定の仕事をはじめていた七兵衛にふさわしい、茶人好みの住まいでした。広小路の半田屋の店は使用人たちのために残し、家族全員は清水町にできた家に移りました。

長男の由次郎は相変わらず商いには興味がないようでした。二人の子をもつ壮年期を迎えても家業をつごうともしないで、ふらりと一人旅に出てみたり、流行りの娘義太夫に通ったりと、風流な生活をつづけていました。

家族の離散

半田屋の商売に陰りが出はじめる頃、由次郎は谷中清水町の家に居づらくなったのか、虎ノ門の牛乳販売店を営む友人の家に一人で居候をしていました。

妻の松江の実家では、半田屋と夫の由次郎の先行きを不安に思うようになり、心配した両親から離婚の申し出がありました。七兵衛夫婦も取りなしようがなく、一太郎が四才の時、松江は一才の次男を連れて彦根に帰ることになりました。後に、その経緯《いきさつ》を祖母ツタから聞かされて、一太郎は脳裏に残る花雲に囲まれた母の記憶が、その時のことと知ったのです。

「この時のマブタに残ったうしろ姿のほかには、ワシには母親の記憶が一つもないので……」

と、そこまで話して思いつき、トヨ子に、

「春のお彼岸も間もなくだ、また浅草の墓に参ってきてくれないか」

「もちろんいきますけど……、ウチのお墓のウラに彫ってある浄尚って誰なの」

「そう言えば、何でも話してくれたオバアさんからも聞いてなかったなア」

浄雲寺にある墓には「浄尚建之《これをたてる》」と墓石の横に刻んであるのですが、浄尚という人が七兵衛の親族なのか半田屋の縁者なのか、この人物のことは一太郎もおツタから聞かされていませんでした。

「顔を拭いてあげるから」と言ってトヨ子がお湯をとりに立ったので、昔話は一区切りしました。そして天井を見あげながら、谷中清水町の祖父七兵衛の家から小学校に通ってた頃を想い出していました。

給湯室から戻った娘に、ベッドに寝たまま顔から頭、その頭を片手で持ち上げられて首筋まで、丹念に温かいタオルで拭いてもらったあと、一太郎はつづきの話を切り出しました。

「通学には、ほかの子と同じように紺絣《こんがすり》の着物に縦縞《たてじま》の袴《はかま》をつけ、黒繻子《くろじゅす》の風呂敷に学用品とオバアさんの心のこもった弁当を包んで腰に、駒下駄をつっかけた出で立ちで毎日往復していたが、今とはちがう服装だから想像できないだろう……」

「あら、ワタシが旭小学校に通っていた昭和初期にも、そんな恰好の子いましたよ」

一太郎が湯島尋常小学校に入学したのは明治三十六年春です。その学校に通う道筋は、谷中清水町の祖父の家から東南の方向に不忍池があって、池から忍川に流れ込む水門の所に、ドンドン橋と勝手に呼んでいた長さ三メートルたらずの橋があります。

その石橋をわたって野原を抜け、岩崎邸のある本郷の切り通し下から湯島天神の石段を通って、二十分ほどで学校にたどり着くのです。学校帰りには例のドンドン橋の下にメダカ、ウナギ、フナ、コイなどがいる秘密の場所がありました。

「そこで魚を追って道草をするのが楽しかった」と、一太郎は少年に戻ったように話しつづけるのでした。

祖母ツタの末娘で一太郎の叔母にあたるおイチが、同じ学校の高等科の四年生でした。当時の義務教育は小学校四年間でしたが、その上に四年制の高等科がありました。七つちがいの叔母でしたから、普段は「おイチ姉さん」と呼んでいました。

おイチ姉さんは、おさげの黒髪に赤いリボン、矢絣《やがすり》の着物にえび茶色の袴、手提げ鞄《かばん》に黒革の靴といったモダンな装いで通学していたので、弁当を腰に駒下駄の一年坊主とはいっしょに歩きたくなかったようです。もっとも、例のドンドン橋の道草を楽しむには、おイチ姉さんがいては寄り道できないし、ときどき小言もついてくるので、一人で帰る方が都合よかったのです。

年が明けて明治三十七（一九〇四）年二月八日、一太郎が尋常小学校一年の冬のことでした。大日本帝国とロシア帝国との間で日露戦争が勃発したのです。

前夜からの雪が足首まで積もったある朝、袴の股立《ももだち》を高めにとって素足に駒下駄を履き、首に学用品の包みを結びつけ、番傘をさしていつものように学校に急いでいました。不忍池まで来ると、応召した兵士たちが戦地に出発するため、池畔に沿う空地に天幕が林立しているのが見えました。積雪をけ散らし張りつめた気分で走りよって、天幕につぎつぎと首を突っ込んでは意気軒昂に、幼いコトバで兵士たちを激励してまわりました。

おかげでこの日は学校につくのに一時間以上もかかりました。そんな他愛ないことが、一太郎にとっては数少ない幼少期の温い記憶でした。

日露戦争では、開戦時の日本の戦費は前年の国家予算の二倍にもなったそうです。ロシアの戦力は日本の数倍で、海外からの戦費調達が必要でした。しかし、国際世論は日本の勝ち目はきわめて低いと見て日本の外国債券は暴落し、日銀の高橋是清副総裁は戦費を外貨調達するのにたいそう苦心したと言われます。

それでも、鴨緑江《おうりょっこう》の戦いで日本が勝利すると、国際市場で日本国債はようやく安定し戦費の調達はできましたが、この国際的な借金は大正時代の後にも残るほど、当時の日本にとっては大きな負担だったのです。

日露戦争は日本側十一万五千人あまり、ロシア側四万数千人の戦死者を出し、翌年九月五日に米国の仲介で講和しました。ロシア領の南樺太は日本領となり、中国のロシア租借地だった旅順、大連、満州鉄道の土地が日本の租借地となって、戦争は一応日本の勝利で終わりました。

このような日露戦争のことは後の記録で知ったことで、一太郎自身は、戦争が終わった夜の近所のにぎやかな提灯行列ぐらいしか憶えていませんでした。

日露戦争後、日本は大きく国際的な資本主義社会へと変化して、殖産興業が勧められました。七兵衛にとっての得意先であった岩崎家、三井家、住友家なども、三菱、三井、住友などの企業財閥の会社組織となっていました。得意先の富豪の家に骨董屋が気軽に出入りできる時代は終わったのです。

個人的な結びつきで成り立っていた東京の古美術商たちは、両国の中村楼や上野の桜雲台のほか、七兵衛の越前からの仲間が営む日本橋の福井楼などの料亭を会場に、入札会を開くようになりました。

そして、古美術商の業界も組織化を目指して、明治四十年の春に株式会社東京美術倶楽部を本所に設立しました。しかし、この会社は個人の古美術商の寄り集まりでしたから、財閥の大会社を相手に取引するほどの組織力も行動力もありませんでした。

文明開化の時代には贅沢な生活をしていた七兵衛も、社会の変化をとらえ損ねたようです。その頃にはすでに古美術品の商いから離れていました。

一太郎は小学四年の夏まで、谷中清水町の屋敷から湯島尋常小学校に往復していましたが、突然その秋に家を引っ越すことになりました。移った先は、湯島天神社の中坂と呼んでいる坂下の左側に並んだ借家住宅の一軒で、東南側に純和風の三十坪くらいの庭がある、何となく陰気な木造平屋でした。

祖母のおツタは「オジイさんの商いの都合で転居しただけ……」と言うのですが、子ども心にも家族に元気がなく、生活も質素になったように感じていました。

どうやら、この頃から一家の家計も手詰まりとなっていたようです。祖父の七兵衛は上野広小路の店に寝泊まりしていて、その借家には祖母のおツタとその娘のおヨネとおイチ、それに孫の一太郎と年配の女中さん、最初はその五人が住みました。

総領娘のおシンはすでに嫁いでいましたが、それから数年の間に、おヨネとおイチも急ぐように七兵衛の得意先の縁で嫁ぎました。

娘たちが他家に出てからは半田屋も使用人らが切り盛りするようになっていて、隠居となった七兵衛はおツタと孫のいる借家で暮らすようになりました。

「イチタロウや、お前が呼びにいってオジイさんにご飯だと言っておいで、アタシが行くといやがるものだから……」と、祖母のおツタに言われて祖父の七兵衛を碁会所に迎えにいかされる、そんな日々の生活がつづいていました。

しかし、間もなく七兵衛は病を得て家の外に出ることが少なくなりました。そして、明治四十一年暮の十二月十八日、おツタと一太郎を残してその借家で息を引きとりました。七兵衛にはずいぶん借財があったようですが、人望があったのか、債権者の多くが借用証文を彼の棺のなかに投入したということです。

長男の由次郎が家督をつぎましたが、もともと家業をつぐ気はなく行方も定かでなかったため、七兵衛の死で半田屋も店じまいすることになりました。店にたくさんあった書画骨董などの美術品類は、借金や使用人の退職金代わりに持ち出され、最後は何もなくなっていたそうです。

湯島天神下の家は借家でしたから、残されたおツタと一太郎はそこを出なければならず、家族は離散する結果となりました。

年が明けて、おツタは中野柏木町にある長女おシンの嫁ぎ先の久保家に身を寄せることになりました。

「柳川の家にいってごらん、おヨネに頼んであるから」と一太郎に言い残して、娘のおシンに連れられて祖母のおツタは出ていきました。

一太郎は湯島尋常高等小学校を終わったばかりで、家族も住む家もなくなってしまったのです。居場所も食事もできなくなって、十二才の一太郎はその日からどうすればよいか途方に暮れました。空腹には勝てず、前に一度だけ連れていかれた、おヨネ叔母さんの嫁ぎ先の柳川家を訪ねました。

子ども心に歓迎されているとは思えませんでしたが、とにかくその夜の食事と寝床にありつきました。翌日からは、柳川の義理の叔父といっしょに住み込みの働き口を探し回りました。

ようやく紹介された働き口は、毛布やショール、洋服生地などの卸売商を営む福田要蔵商店の奉公人でした。奉公人とは、一人前の職業人となるための見習いのようなもので、住み込んで無給で働くのが当時の商家の習慣でした。

この時代には店主の力は絶大で、奉公人の人権やプライバシー、個人の自由など考えられない社会の仕組みでした。しかし、親や家族の後ろ盾のない身には、無給でも住み込みの口があれば生きていけるので、ありがたいと思わなければならなかったのです。店では「一太郎」という名がまるで良家の若旦那のようだと、「イチ」とか「イッちゃん」と呼ばれ可愛がられました。

一般に奉公人の休日は、一年に正月十五日と七月十五日の二回だけ、いずれも薮入《やぶい》りと呼んで、小遣いをもらい親元に帰ることが許されました。しかし、正月がきても帰る家もなく一人だけ店にのこり、所在なくすごしていた一太郎を見て、店主の福田要蔵が不憫に思ったか、

「なあ、イチよ、お前さん神田錦町にある職業学校に通う気はないかい？」

と、誘ってくれました。二つ返事でその厚意に甘え、その春から毎晩、店がしまると錦城商業学校に通う生活がはじまりました。

そして、福田要蔵商店に奉公してから四年目の明治四十五（一九一二）年七月三十日に、天皇が崩御されました。号外が街を走り明治の世は終わりました。

九月十三日の夕刻に皇居よりご発輦《はつれん》の号砲がひびき、葬列は大喪の儀を終えてから東京を発しました。そして、翌十四日に京都に到着し桃山御陵に安置されたそうです。

明治天皇が崩御された翌日から、次代天皇の践祚《せんそ》で元号は「大正」となりました。

独り立ち

十九世紀から二十世紀に代わる明治末から大正の初期は、十代だった一太郎にとって目を見張るような新時代のはじまりでした。

上野では大正博覧会が開かれ、洋風の東京中央駅ができ上がり、東京の街に人力車に替わって自動車が走りはじめる時代でした。子どもの頃に見なれていた上野の不忍池に、空中を走る博覧会のケーブルカーを見物にいったのもその頃でした。

しかし一方で日本は世界との結びつきも深まり、各地に社会主義や労働運動が広がり、政治や経済の仕組みが大きく変わろうとする時代でした。

例えば、大正三（一九一四）年にはドイツ・シーメンス社の東京駐在員だったカール・リヒテルという人が、機密を盗み出し会社を脅迫して逮捕される事件がありました。このことが発端となって、シーメンス社が日本海軍の高官に賄賂を贈っていたことが発覚しました。

さらに、イギリスのビッカース社、アームストロング社や三井物産まで、軍艦「金剛」の発注をめぐる贈収賄が政治問題になりました。結局、首相の海軍大将山本権兵衛は世論に屈して内閣は総辞職しました。

そして、同じ年の六月にはボスニアの首都サラエボで、オーストリア帝国の皇太子夫妻が暗殺され、これが発端でオーストリアがセルビアに宣戦布告し、海の彼方で第一次世界大戦が勃発しました。

オーストリアは、ドイツ、イタリアと三国同盟を結び、セルビアはロシアとフランスと同盟しました。ドイツ軍が侵攻したベルギーを救うという口実で、英国もドイツに宣戦布告しました。この帝国同士の戦争は、長距離砲、機関銃、戦車や軍艦、飛行機などの新しい兵器が使われる、凄惨な世界大戦になってしまったのです。

この騒然とした世界のなかで、日本では企業経営の大型化が進み、昔ながらの経営をしていた中小の商店はとり残されました。一太郎が奉公していた福田要蔵商店も、大正三年の晩秋に不渡り手形を出して倒産してしまったのです。

一太郎は、夜間の実業学校を卒業したあと中番頭になっていましたが、住み込みで働いている店が倒産となれば、中番頭とはいえ寝場所を失うことになります。手に握った小銭のほかは無一文で空腹をかかえ、どう生きていけばよいかも判りません。路傍の石ころのように、他人様の軒先で休みながら、必死で働き口を求めて歩きまわるだけでした。

一週間ほど歩きまわった末に、古くからの得意先で懇意にしていた洋品小売商の築山銀二郎という人に相談にいってみました。すると「うちで働かないか」と言ってくれたので、その厚意の言葉に甘え、再出発のつもりで築山商店に世話になることにしました。ありがたいことに、少額とはいえ月給を支給する住み込み店員として、一人前の待遇をしてくれました。

一方、ヨーロッパでおこった戦争は、各国の植民地をめぐって世界中に広がりました。やがて、イギリスと同盟を結ぶ日本も参戦し、中国山東省のドイツの租借地だったチンタオを占領しました。ドイツ兵の捕虜は瀬戸内海周辺に収容されました。つづいて日本は太平洋の南洋群島も占領し、勢力範囲を広げました。

大戦になると多量の武器弾薬や物資が消費されます。戦争の主たる当事者ではなかった日本やアメリカは、翌年の夏になると戦争特需を背景に好景気となりました。

築山商店で働きはじめて三年目、一太郎は日本一の繁華街であった浅草六区の裏にあった支店の責任者となりました。好景気で繁盛するその店で、一通りの店舗経営を経験させてもらうことができたのです。

そして、大正六年の満二十才となった日、本籍の神田区役所から徴兵検査の通知令状が届きました。この時代、日本帝国憲法には国民の義務として徴兵制が定められていたのです。指定された日の朝から、神田の鍛冶町小学校に設けられた検査場で身体検査を受け、歩兵乙種合格を言いわたされました。

健康で体格のよい者は甲種合格になるのが普通でしたが、十二才から働きつづけて痩せていたせいかもしれません。二か月ほどして歩兵第二乙種第七十六番という、厳《いか》めしい徴兵証書が送付されてきました。当時の徴兵検査というのは、男子が成人になるための通過儀礼のようなものでした。

そんな話をして娘のトヨ子を帰した日の夕方、一太郎のとなりの病床に若い男が入院してきました。聞けば、半年前に交通事故で右足の膝下を骨折し、金属で固定したそうです。今回の入院は、その固定金属とボルトをはずす抜釘手術をするということでした。

「車の事故だったのかね？」

九十翁は寝たまま顔だけ若者に向けて尋ねました。

「いや、大型バイクでカーブを曲がりきれずに……自損事故です」

バイクと聞いて、浅草の店で働いていた頃にオートバイに乗った記憶が一太郎によみがえりました。

「昔、若い頃にワシもオートバイに一度乗ったことがある」

「え?」

「もう七十年も昔の浅草で働いていた頃の話だが、近所の道楽息子がアメリカから輸入したばかりのオートバイを見せびらかしにきたので、借りて乗ったことがある」

「えー、大正時代でしょ……」

「頑丈な二輪車にエンジンをつけたような奴で、はじめて乗って要領が判らず突然動き出したものだから店のなかに突っ込んじまって……、後片づけがたいへんだった」

若者がそんな話でも興味深げに聞いてくれたのをきっかけに、その頃のことを想い出すままに話しました。

「当時は、第一次世界大戦の戦争景気で、自動車からオペラまで世界の流行が時を移さずに大都会だった浅草にやって来て、ワシらの日常まで活気がありましたよ」

大正七（一九一八）年末に、四年あまりつづいた世界大戦が終わっても、世の中は好景気に浮かれていました。

二十一才になった一太郎も周りに刺激され、実業家になることを夢みて独立することを考えました。社長の築山銀二郎に相談したところ、商売をはじめるなら応援すると言ってくれたので、洋品毛織物類の訪問販売、簡単に言えば行商をはじめることにしたのです。

築山商店から仕入れた洋品、化粧品、タオル、ウール布地や端布などを自転車の前後の荷台に満載し、荒川をこえた東京市郊外の農村地帯をまわって売り歩きました。泊まりがけで埼玉方面の農家をめぐることもありました。

大戦後しばらくは好況がつづき、生糸、綿糸、綿布や米などの商品投機とともに、土地や株式の投機もおこりました。翌年後半には金融市場も活況で、大戦中を上まわる好景気で賃金も物価もあがりました。

ところが、わずかその半年後の春になると、好調だった相場があっという間に大暴落しました。ヨーロッパの市場が回復するにしたがって、大戦中の過剰生産品の輸出が止まってしまったのが原因でした。春から夏にかけて、多くの銀行が休業に追いこまれて取りつけさわぎが相つぎ、日本国中が経済パニックとなったのです。

身のまわりの経験だけで独立した一太郎のような行商人にとって、こうした日本全体や世界の景気のことなど全く眼中にありませんでした。いつも通りに自転車に荷物を満載し商いにまわるのですが、近郊農家では買ってくれる人が少なくなり、売り上げが減りはじめました。どうしてよいか先が見えなくなり、懇意にしている大地主に近在の農家のことを聞いてみたところ、

「景気のいかった頃は、みんな果実や野菜などがすぐに売れたで転作しおってさ、現金収入があったもんでアンタの商いにもつき合ったのさ」

と。

しかし、都会が不景気になれば青果物も売れなくなり、農家も困っているということでした。商品を運んでくれれば売れたので、農家の経営のことも知らぬまま商いをしていたのです。

店舗もない一太郎のような行商人にとって、品物が売れなければ仕入れに必要な現金がなくなります。当座の運転資金は借りればよいことは知っていましたが、祖父も福田要蔵商店も借金を返すことができずに倒産したのを間近に見ていました。

借金だけはするまいと決めて独立したのですが、実はそれこそが商売には向かない一太郎の資質だったようです。

結局、世の中を知らずに独立したと言われても仕方のないことです。この経験から、世の中の動向は新聞を見て知っておく必要があると気づきました。それからは毎日ではなくても、小銭があれば新聞を読むことを心がけました。

わずか二年の挑戦でしたが、商才の乏しい路傍の小石が昇龍雲上《しょうりゅううんじょう》のものとなる幸運は訪れませんでした。しかし、行商をやめればこれからの生活の目途もたちません。貯えていた手許の金も乏しくなり宿なしの裸同然、また振り出しに戻りました。少しでも稼げる仕事はないかと足を棒に歩きましたが、大戦後の不況のドン底で、職探しにはきびしい世の中になっていました。

ある日、なけなしの小銭で手にした朝刊に、「新宿郵便局の事務員及び鉄道集配人募集」の求人広告を見つけ、その足で新宿郵便局に向かいました。

求人の窓口で係員にいろいろな条件を聞いたところ、福田要蔵商店で夜学の商業学校に通わせてもらったことが役立つことを知りました。当時の職業学校は、旧制中学校卒業、現在なら高校卒業並みに扱われ、勤め人の募集にも一人前として応募できたからです。

しかし事務員の雇用条件は月給三十五円ということで、

「これでは食べるのが精一杯で、宿舎か寮のような場所はないのですか」

と尋ねたところ、

「同じ募集にある集配人は月給四十円、管内の郵便物を受けとり新宿駅から列車に搬入する仕事で、早朝の始発列車を担当すると、局の宿直室が利用できます」

という返事です。管内の郵便物を一日中受けつけ、それを始発列車へ搬入する作業は重労働ですが、奉公していた頃に仕上げた体には自信がありました。それに、実入りは幾らでも多いほど助かります。それに寝る場所が確保できるのは願ってもないことで、この仕事に飛びつきました。


働きはじめてしばらくは、郵便局の宿直室に寝泊まりしていました。しかし、そこは毎夜四、五人の同僚が泊まっていて深夜の出入りも多く、思うように睡眠がとれません。そこで、近所に間借りできる部屋を探してみることにしました。

一か月ほど借間探しをして、郵便局から五百メートルほどの所にある町道場の二階に部屋を借りることができました。その二階には同じような四畳半の貸間が五室あり、出入り口は道場とは別になっていました。入り口の戸締まりもなく、早朝に出勤するための出入りにも都合がよかったし、家賃も安く天の助けと思いました。

その新宿三丁目の道場の部屋から郵便局のある角筈まで、徒歩の通勤が日常となりました。毎日同じ所にいって決められた仕事をして毎月給料をもらえる、そんな生活が行商人より余程気楽だと思いはじめていました。

ところが数か月たったある日、勤め先から帰宅していつものように銭湯にいき、入浴していると、

「近所が火事だ！」

という叫び声に急いで脱衣場に出てみると、番台の人が、火事は間借りしている町道場の方角らしいと言います。

あわてて銭湯から道場に戻ってみたら、すでに火の手がまわり煙も立ちこめて、屋内に入ることは無理な状態でした。隣家からのもらい火だったようです。

予期せぬこととはいえ衣類や寝具、靴、日用品など自分の物はすべて焼けてしまいました。結局、手許にあった入浴道具と小銭の入った財布、着ていたセーターとズボン、履いていたサンダルがあるばかりでした。

不幸中の幸いというか、仕事の制服は局のロッカーに置いてきていて、預金通帳と印鑑

は手続きをして直ぐに再発行されました。しかし、身のまわりのことを考えれば、住む場所がなくなり預金もわずかしか貯まっていません。

こうなっては何もできず、一時的にも親族を頼るほかありませんでした。しかし、親族といっても子どもの頃に世話になった祖母の娘たち、一太郎にとって叔母たちしかいません。嫁いでいる叔母たちには頼るまいと決めていましたが、今夜の寝場所さえおぼつかない状況では仕方がないことでした。

結局、子どもの頃に一番話しやすかった、姉のように歳の近いおイチ叔母さんを頼ることにしたのです。その夜のうちに、叔母の嫁ぎ先の日本橋人形町で八百屋を営んでいる秋池家を訪ね、実状を話しました。

ありがたいことに夫婦して親身になってくれたので、とりあえず世話になることにしました。しかし、この家から新宿郵便局に通うには早朝に出勤しなければならず、おイチ姉さんにも面倒をかけることになります。時間がかかる通勤をつづけるのは無理だと判断し、新宿郵便局には実状を話して辞職することにしました。

「職が見つかるまで、ここに住みなさい」

と、おイチ姉さんのありがたい勧めもあって、また裸一貫からの職探しとなり、再就職できるまで秋池家の居候となりました。

一日でも早くと職探しに出かけようとしていたある朝、

「一太郎さん、きょうの新聞に警察官募集の広告がでていますよ」

と、秋池の叔父がその新聞広告をみせてくれました。ワラをもつかみたい一心で、早速応募すると決め、所定の書類を整えて出願しました。

定められた日時に、芝愛宕町の警視庁巡査練習所にある試験場に出向き、二百八十人あまりの応募者とともに第一次の常識試験を受けました。その場で結果の発表があって、一次合格者百五十人のなかに入りました。

つづいて第二次の作文、算数、法律の試験があり、これもその場で合格者の発表があり、幸い二十五名のうちに残りました。そして、第三次試験の口述試問と身体検査が行われ、結果として二十二名の合格者のなかに入りました。

警察官の採用には本人と家族や親族の身元調査があります。それは本籍地や現住所の所轄署などで行われるので、採用・不採用の通知は一か月後になるということでした。

秋池の家に帰ってこの話をしたところ、叔母はたいそう喜んで「決まるまで気兼ねなく居候をしているように」と言ってくれました。おイチ叔母さんの心配りに涙が出るほど親族のありがたさを感じ、一太郎は祖父の家系を一日も早く再興しなければと思うのでした。

一か月ほどして無事に採用された通知が届き、大正十年四月一日から港区芝愛宕町の警視庁巡査練習所に入所することになりました。ようやく、叔母と叔父に厚く感謝して秋池家を辞すことができました。


練習所では今までの気ままな生活とはちがい、規則正しい訓練の毎日でした。入所した翌日から、午前六時に起床、三十分で点呼と自室の掃除、七時から三十分で朝食をとり授業準備と自習、八時三十分からはじまる午前中の授業は、訓育、憲法、刑法、刑事訴訟法、警察実務の諸法令などでした。

午後は柔道、剣道、逮捕術などの武道練習が夕方五時まであり、その後六時まで入浴、六時半から三十分で夕食、休憩する間もなく七時から八時半まで自習、消灯前に点検を受けて九時に就寝、それが練習所の日常でした。

日曜と祝祭日は教官に届け出れば外出できますが、毎日忙しい生活で、休日はほとんど宿舎で休んでいました。この訓練所の生活が三か月、卒業にあたっては試験によって席次が決まりました。

こうして、二十四才の一太郎はその年六月三十日に巡査を正式拝命したのです。最初は浅草象潟《きさかた》警察署に配属され、その日から外勤係として浅草公園五区巡査派出所に立つことになったのです。

この地区内には浅草寺、通称「観音さん」があるため、毎日多くの参詣人で忙しい交番でした。その派出所に一か月ほど勤務してから浅草三間町の交番が勤務地となり、責任担当する地区も指定されました。こうして、ようやく一人前の新米巡査の誕生ということになります。

交番勤務は日勤、宿直、休日の三部制ですが、非番の休日でも終日休めるわけではありません。夕方五時から夜十時頃までは、日本一の遊興街であった浅草六区の興行場の取締りをする務めがありました。

こうして五か月ほどした頃に、一太郎は交番務めから象潟署の交通係に選ばれました。担当は浅草の吾妻橋交差点、雷門口前、象潟署と浅草七軒署との境界にある駒形十字点などで交通整理にあたりました。

その頃のある日、寄宿舎に戻って休憩していた時、

「おい、お前の家族から至急の連絡だ！」

と、受付から電話の取り次ぎがありました。おイチ叔母からで「柏木のおシン姉さんから、お母さんがケガしたという連絡があったの」と。

中野の柏木町にある久保家から、祖母のおツタが自転車にぶつかって頭にケガをしたという連絡が今あったということでした。

久保家はおイチの姉のおシン叔母が嫁いだ家で、十三年前に祖父が亡くなったあと祖母は引きとられていました。

祖母が負傷したと聞いて、一太郎は急いで寄宿舎から柏木町の久保の家に駆けつけました。祖母は自転車にぶつけられ、転んだ拍子に後頭部を打ったらしいのです。

おシン叔母から事故の示談の様子を聞くにつけ、あまりに無責任な祖母の扱いに、久保の家に預けておくことに不安を感じ、祖母を引きとり看護する決心をしました。

引きとるとなれば今の寄宿舎生活では無理なので、まずは借家を用意しなければなりません。それに、勤めもあるので自分一人ではどうしようもなく、手伝いを探す必要もあります。

その準備ができるまで祖母には柏木の家に居てもらうことにして引き返し、その足で懇意にしていた浅草並木町の大阪寿司の老女将《おかみ》に実状を話して相談しました。

八方手を尽くしてくれた老女将は、二日ほどして千葉県人の遠藤重平氏の三女という女性を見つけてくれました。親身になって心配してくれる老女将は、

「おみっさんは、ワタシの目に叶ったいい娘だから、お手伝いよりいっそ見合い相手にどうかしら」

と、熱心に一太郎に勧めました。

老女将が「おみっさん」と呼んだその娘さんは、名を美寿《みす》といい、数え歳で十七才でした。幼いうちに母親と姉妹を亡くし、役場勤めの父と二人で暮らしていたそうです。その父の重平も一年前に病で亡くなり、伝手《つて》を頼って上京し、商家に奉公しているということでした。

翌日、一太郎は老女将の仲介で美寿と会い、祖母おツタの看病や貧乏人の自分の実状を話しました。翌日、美寿はすべて承知して婚約を了承してくれたと、老女将が知らせにきてくれました。

祖母おツタのこともあって急なことでしたが、次の勤務明けの日に、老女将とその亭主の晩酌で結婚式を挙げました。そして、勤め先の数人を招いただけの小さな披露宴を大阪

寿司の二階でひらきました。美寿は両親も家族も亡くなって遠藤家の戸主になっていたので、当時の戸籍法では他の戸籍に入籍できず事実婚の夫婦となります。

それでも一太郎は、浅草馬車道二丁目の路地裏に二部屋の小さな一軒を借り、その年の暮れには祖母を引きとり、妻と三人で住むことができたのです。こうして世帯をもち、曲がりなりにも一家を興して祖母にも孝行できることになりました。

天気の良い日には、おツタはふらりと一人で家を出ることがありました。美寿があわてて探しに出ると、いつも横町を出たところで立ち止まっていました。美寿に手をひかれて家に戻ってお茶を一服すると、

「おみっさん、今そこで親切な人が家まで手をひいてくれましたよ」

と、美寿にほほえみながら告げるのでした。

こうした平穏な生活が半年あまりつづいていましたが、翌大正十一年七月十九日、おツタは老衰で七十二年の生涯を孫に看とられて全うしました。一太郎は幼い頃に、いちばん世話になった祖母を、借家とはいえ自分の家で看取《みと》ることができたのです。

こうして、祖母への報恩の願いが叶えられたのは、若い妻の懸命な協力なしにはできなかったことでした。さらに、その妻から妊娠したと聞いて、一太郎は心から美寿に感謝し

ました。

妻の妊娠を知って間もなく、おイチ叔母から「父の由次郎が、慈善団体の救世軍の手伝いをしているのを見た人がいる」と、一太郎に連絡がありました。子どもの時に別れたまま行方も知らず、顔も定かではない年老いた父親でしたが、とにかく引きとって面倒を見ることにしました。

数日後、おイチ叔母さんに連れられて由次郎がやってきましたが、記憶の父と一致させるのに間があるほど老けていました。二十年も離れていた父親とどう接すればよいか判らないまま、妻の美寿を介して会話するような暮らしがはじまりました。

父親がどんな生活をしていたのか本当は知りたいのですが、父親と息子の間に別れた時のわだかまりもあり、お互い遠慮をしたまま日々がすぎていくのでした。

妻に赤子が生まれると、この老父といっしょでは今の長屋は手狭になるので、広い住まいを探していたところ、具合よく、東京府下の南葛飾郡寺島町に一戸建ての家が見つかりました。現在では墨田区になる辺りですが、その借家に老父とともに引っ越して、三人家族の生活がはじまりました。

天変地異

寺島町に引っ越して、年が明けた大正十二年一月のある日、かねて身重だった妻の美寿が無事に長女を出産しました。あまりの嬉しさで、一太郎は産婆さんの家に清酒一升をかかえて礼に出向いたほどでした。

母親の名から寿の一字をもらい、トシ子と名づけました。待ちに待った子どものいる家族となって、老父と息子の気づまりだった家のなかも、赤子を話題に会話が生まれるようになり、思いのほか気兼ねのない日常になりました。

ところが、その年の九月一日、正午前に関東大地震が発生したのです。

その時、一太郎は小雨のふるなか交通係の勤務中で、浅草公園千束口の米久牛肉店前の路上にいました。突然、大地が揺れ動き、歩行はおろか寸時も動くことができず、両手を地について身体を支えました。

その瞬間、千束町大通りの十字路際に建っていた三階建ての蕎麦屋《そば》が、大きく揺れると同時に目の前でスローモーションの映像のように崩れていきました。揺れが小止みになり現場に馳つけたところ、倒壊家屋の下から、

「助けてくれ！　助けてー」

と、二人の人声がします。その他にも、子ども数人の泣き叫ぶ声も混ざっています。救助しなければと感じたとたん、即座に身体の方が先に動きました。それほどの力がどうして出たのか覚えていませんが、一時間ほどで何とか五人全員を崩れた材木の下から助け出しました。

だがその家ばかりでなく、その付近全体の家という家は、瓦屋根の重みで二階建ての家屋がまるで平屋のように階下がつぶれた状態で、斜めによじれて倒れた材木の隙間から救いを求めるたくさんの声が聞こえます。崩れた瓦屋根と土壁を相手に格闘しながら手伝ってくれそうな人を目で探しましたが、辺りは逃げていく人ばかりで手を貸してくれる人は見当たりません。

目をあげると、二百メートル先まで濃い黒煙が立ちこめ火災がおきているようです。延焼が広がってくるのか、その奥に炎も透けて見えます。

恐怖心を押し殺し、助けを呼ぶ声に向かって力のかぎり努力しましたが、一人では老若

幼の男女九人を助け出すのが精一杯でした。その時、早くも周囲が煙に覆われて炎も迫ってきます。今離れなければ火に巻かれると感じました。

助けを求める声が耳に残るまま、ただ合掌するのみで現場を離れざるを得ませんでした。この記憶は、全員の救出を果たせなかった無念さとともに、後々まで心の片隅にシコリとなっていつまでも残りました。

迫る黒煙と火から逃れている途中で、後方にそびえる浅草公園の通称「十二階」と呼ばれる煉瓦建ての「凌雲閣」が、上部十一階あたりから外壁ごとゆっくりと崩れていくのが見えました。この凌雲閣が倒壊したことで、建物の下の「十二階劇場」がつぶれました。多数の見物客と出演中の俳優が圧死したことを後日の新聞で知りました。こうした地震被害の悲惨さは至る所に見られました。


この九月一日の最初の地震はちょうど昼支度をしている頃で、家々の煮炊きの火から発した火災が竜巻を伴って燃え広がりました。東京の空は大火災に特有の黒雲で覆われ、地上はうす暗くなるほどでした。夜になると、この大火災で東京の下町全体の空は太陽が昇ってくるかと見紛うばかりに暗赤色に染まりました。

延焼して広がった火災は三日間つづき、ようやく九月三日になって鎮火しました。震災による被害よりも火災による被害が大きく、焼失家屋は当時の東京市内だけでも六割あまりが焼失し、死者数は十万人以上と記録されています。

震災の被害は東京、神奈川、千葉、埼玉、茨城、静岡、群馬ほか関東各地から長野にまで及びました。さらに地震だけに止まらず、関東・東海沿岸には津波が起こり、その被害も大きかったのです。

津波の高さは、静岡県熱海市で六メートル、千葉県相浜（現館山市）で九メートル余、洲崎で八メートル、神奈川県三浦で六メートル、逗子や鎌倉、藤沢の沿岸では五～七メートルの高さに到達し、鎌倉の由比ケ浜では局地的に九メートルに達したそうです。津波だけで三百人あまりが行方不明になったと言われますが、その被害報告は断片的で、全体の記録は見当たらないようです。

東京下町の火事が鎮まったあとも、焼け跡には燃えくすぶる瓦礫の間に黒焦げの木杭のような焼死体が重なっていました。歩く先々でそれが目に入らないところがないくらい、実に悲惨なことでした。本所や深川では水が湯のようになった隅田川の川べりに、とび口で引きあげられた屍体が両岸をうずめていました。

そのような悲惨で混乱した場面でも人の欲はすさまじく、性別も判らない膨らんだ水屍体から指輪をとるため、ハサミで指を切り集めて袋に入れて背負っていたところを捕まる盗人さえあったと報じられました。

浅草象潟警察署も焼失したため、上野公園の大師前に仮設の警察署を設けていました。結局一昼夜歩きまわった末に、一太郎はその仮設署にたどり着いて復命しました。警察署も大忙しで人手不足でしたが、

「とりあえず一旦帰宅し、家族の安否を確かめたらすぐに勤務に戻るように」

と、上司から促されました。

しかし、日頃の通勤の隅田川をこえる道筋は瓦礫の山となって、交通機関も止まっていました。寺島町の自宅に帰るには、上野公園から谷中に出て日暮里へ、そこから綾瀬まで歩いて荒川放水路に出るしかありません。結局、下町を大きく迂回して荒川の土手を夜通し歩きつづけ、ようやく家にたどり着いたのは翌朝でした。

妻の出産で、浅草馬車道から南葛飾に引っ越していたのが不幸中の幸いでした。地震がおこった時、寺島町の借家では老父由次郎の知恵で、妻子とも隣の竹林に避難していまし

た。地震の揺れがおさまると、七輪を庭に出し、拾い集めた薪でご飯を炊き、老父が前日買っておいたメザシを焼いて空腹をしのいでいたということです。

地震から三日目に、ようやく家族全員が顔を会わせることができたのですが、一太郎にも家族にも身に被害がなかったことは、本当に運がよかったと言うよりほかありませんでした。

一方、世間では大災害の混乱のなかで「朝鮮人が井戸に毒を投げ入れている」という風評が広がりました。被災地の東京や横浜では自警団が組織されて異邦人狩りがはじまり、死者も出る騒ぎとなっていました。

当時の日本にはテレビはむろんラジオもない頃で、新聞のみが唯一のマスメディアでしたが、九月二日から六日にかけての次のような記事が記録されています。

九月三日付の大阪朝日新聞朝刊には、「何の窮民か凶器を携えて暴行　横浜八王子物騒との情報」の見出しで、「横浜地方ではこの機に乗ずる不逞鮮人に対する警戒頗る厳重を極むとの情報が来た」とあります。

また、東京朝日新聞の号外には甲府特電として、「暴徒が横濱、神奈川から八王子にまで盛んに火を放ちつつあるのを見た」との目撃情報が掲載されています。

このような不確かな情報が、口から口へと広く伝わってしまったのです。

同じ九月三日に勅令によって帝都東京とその付近を警備する目的で「戒厳司令部」が設置されました。戒厳司令部とは、天皇に直属して緊急時の治安維持を行う帝国陸軍の組織です。

また、震災の発生直後に発足した第二次山本内閣は、九月五日国民に対して、「もし、不穏な動きがあれば軍隊、警察が取り締まるので、民間人に自重を求める」という内閣告諭を発表しました。

凶悪犯罪や暴動などがおこっているといった風評や虚報が、震災の混乱のなかで行政や新聞によって民衆に広まった形跡もあります。その背景には、日韓併合後の朝鮮半島の独立運動や日本国内での要人暗殺などの過激な事件が頻発していたため、世の中の不安や恐怖心が風評を広げていたと思われます。

家で一晩休んだ一太郎は、ふたたび担当している浅草の巡査勤務に戻るため、制服を整えて翌朝早くに家を出ました。

ちょうど荒川放水路をこえた街角で、棍棒や竹槍をそれぞれの手に持って「復讐だ」と叫ぶ自警団と出くわしました。目の前に突然現れたこうした事態にどう対処したものか、本署も焼失し連絡手段もない一介の巡査には判断しかねました。

規則とはいえ命令を待つ暇はなく、とにかく集団をとめなければと思ったとたん、身体が動いて両手を広げていました。

だが、天災で平常心を奪われている自警団の人々は、風評流言に恐怖心を突き動かされて焦点のずれた目で向かってきます。多勢に一人、咄嗟に腰に下げたサーベルを左手で握り、柄に右手をかけて身構えました。

当時の巡査が常に腰に下げた洋刀のサーベルは、今の巡査のピストルと同じで普段抜くことはないものでした。そのため身構えた瞬間、人々は目がさめたように動きをとめ、体の力が抜けたように振り上げた手をおろしました。

「事件の取締りは警察でするから」と、その場を説得し、町内に戻って家族を守るように促しました。一団が帰りはじめる後ろ姿を見て、一昨日以来の疲れがどっと出るように、噴き出た汗で背中が濡れたようでした。

九月八日になって、東京地方裁判所検事正から、「なかには不良の徒もあるから、警察署に検束し厳重に取り調べている。あるいは、多少の窃盗罪その他の犯罪人を出すかも知れないが、流言のような犯罪は絶対にないことと信ずる」と、流言を否定する主旨の見解が公表されました。

騒乱報道の信憑《しんぴょう》性については軍部内においても疑う者がいて、東京南部担当の陸軍第一師団が検証したところ虚報だと判明したため、流言にすぎないとの告知を出しました。

また、警視庁はデマを流す者に対して、「注意！　有りもせぬ事を言い触らすと、処罰《しょばつ》されます」という警告ビラを東京市内に貼り出しました。

しかし、後の内務省警保局の調査報告によれば、この騒動で死亡した朝鮮半島や中国大陸の出身者約二百三十四名、誤って殺害された日本人の聾啞者など五十九名となっていました。

しかし一方で、大正デモクラシーに反発する右翼テロ、労働運動や無政府主義などへの警戒感からおこされた事件もありました。

例えば、関東大震災後におこった大杉事件です。社会主義思想家の大杉栄、内妻の伊藤野枝と、大杉の甥で六才の橘宗一が、震災から半月後に行方不明になりました。

家人から捜索願が出されて警視庁が調べたところ、憲兵大尉の甘粕正彦ら五名が憲兵隊司令部内で三名を扼殺し、遺体を遺棄した犯行を認めました。

最初、この事件については戒厳令下を理由に報道がとめられました。ようやく発生から一か月以上たって報道管制が解かれ、新聞各紙に大きく報じられました。

後の記録では、軍法会議で甘粕正彦大尉とその部下五名の犯行と断定され、殺害を命じた甘粕大尉を懲役十年、配下一名は同三年、遺体の遺棄や見張りの兵たちは命令に従っただけで無罪判決となっています。

後年知ったことですが、甘粕大尉は千葉刑務所から三年足らずで釈放され、その後は妻を伴ってフランスに官費留学したそうです。戦時中は満州事変や満州映画協会の情報宣伝活動に関わっていたということです。


こうした大きな社会不安が伴った大震災の頃を含め、浅草の交番に勤務して三年たった大正十三年三月末、一太郎は警視庁刑事部鑑識課に転勤を命ぜられました。

鑑識課は強盗や殺人などの重大な事件現場の捜査を行う裏方的な役を担う部署ですが、犯罪捜査をする刑事部の実務の仕事につくことになります。それに指紋や写真は当時の新しい捜査技術でもあり、一太郎は内心で喜びました。

家族にとっても交替制の交番勤務とちがって、毎日同じ勤務時間になったことは嬉しいことでした。仕事にも慣れて勤め人としての日常にも慣れてきたので、その年の五月初旬に寺島町の借家から、同じ南葛飾郡吾嬬町《あづままち》大畑に転居することにしました。

その住まいは、以前勤務していた雷門派出所の担当地区にある酒類卸小売商の黒田屋の別荘でした。そこには店の主人の老母が隠居していて、女中と二人で暮らしていました。

そのご隠居から、

「警察の方が住んでくれるなら、これ以上安心なことはありません」

と、むしろ懇請されて敷地内に住む家まで新築してくれたのです。

約三百坪の敷地には広い庭園と泉池があって、下町の家から比べれば別天地に住むような静かな屋敷の内でした。

病気がちの父親の由次郎も一緒に住む話をすると、

「母屋の離れが空いているから、自由に使って下さい」

と言われ、父はその八畳間に住まわせてもらうことになりました。

一人暮らしの長かった由次郎にとっても、息子の家族に気兼ねすることもないし、家事と子育てに忙しい美寿にとっても、それはありがたいことでした。一太郎はヒマがあれば、離れの父親に顔を出してから母屋の隠居の老婦人と雑談をするように心がけ、家族同様に接する日常になりました。

そのような穏やかな生活が半年ほどつづきましたが、晩秋になって由次郎が病で寝込むようになりました。美寿は家事と育児に加えて身重なこともあって、老父の世話まで手がまわらず、付き添いの看護婦を頼みました。

こうして何とかその年を越しましたが、翌年の二月五日の朝早く、由次郎は春を待たずに息子に看取られて他界しました。享年五十三でした。

付き添いの看護婦の話によると、

「患者さんが前夜おそくに突然おき上がって、大きなお声で謡曲の鞍馬天狗を朗々と謡いだされたのには驚きました」

ということでした。

残された者は皆この話を聞いて、気ままな風流人の暮らし方を曲げなかった老父らしい、静かな大往生だったと慰め合いました。

ところが同じ二月五日の朝に、同じ敷地の別棟では次女が誕生しました。この一家に悲しみと喜びが同じ日に起こり、弔問にきてくれた人たちも、悲しむべきか喜ぶべきか「何と申し上げてよいか」と言い迷う有様でした。

この子には裕の字を当ててヒロ子と名づけ、老父の死亡届と同じ日に出生届を出すことになりました。一太郎の脳裏にふと「輪廻転生《りんねてんしょう》」の文言がよぎりました。

ところが、この年には悲しいことがつづいてしまいました。残暑がまだきびしかった重陽《ちょうよう》の節句の日、かねてから病弱だった長女のトシ子が流行り病の疫痢《えきり》で他界してしまったのです。

一太郎は勤務中に知らせを受けて急いで帰宅しましたが、すでに幼女はこと切れていました。家族の幸せだけを大切にしてきたのに、わずかこの数年の間に祖母、父、娘と三度の不幸にみまわれたのです。父と娘の遺骨は、祖父や祖母といっしょに埋葬しようと思いました。

大震災でやられた浅草の浄雲寺の墓地が新しく改修されたので、その一区画に古くからの先祖代々の墓石を再建し、せめて彼岸で家族いっしょに幸せであるようにと、夫婦は手を合わせました。

トシ子の死によって一人っ子の長女となったヒロ子には、とにかく健やかに育つことだけを望みました。そして、母屋の老婦人に相談したところ、市川にある下総《しもうさ》中山の鬼子母《きしも》神《じん》に参詣するよう勧められました。

早速、市川の子育て鬼子母神を参拝し、法華経寺で祈祷を受けたヒロ子は髪をそって日蓮上人のお弟子となり、健やかに育つよう祈願しました。近代化したとはいっても、医者の数も少なく幼児の死亡率も高かった当時、子の健康を願う親たちが神仏を頼るのは一般的なことでした。

トシ子を疫痢で亡くしたので食べものには注意の上にも注意して、ナマモノは果物さえ気をつけました。ヒロ子には他所《よそ》で何かもらっても食べないように言い聞かせ、日頃から黒田屋の別荘の敷地内から外に出さないようにしていました。

ところが満二才をすぎた頃のことでした。母親の美寿が買い物で出た時、近所の駄菓子屋のお婆さんに、

「先日、お宅のヒロ子お嬢さんが桜せんべいを欲しがるので、店先で食べてもらいましたが……」

と、声をかけられました。

「それは誠に相済みません」

と、腰を折って詫びと礼を言ってせんべい代を支払い、はじめてヒロ子が一人で敷地の外に出ていることを知りました。

どうやら、黒田屋の飼い犬タロの出入りを見ていて、生け垣の穴をくぐったようです。子どもの成長とともに目が離せなくなり、美寿の仕事は増えるばかりでした。

一方、家庭のことは妻にまかせきりの一太郎には、別の気になることがあったのです。本庁勤務となって一年もたつうちに、自分のように実業学校だけでは、公務員に求められる基礎知識が不十分なことを痛感していました。

一般官庁と同じで、勤務は午後五時まで、日曜・祝祭日は休めるのだから、夜学に通って勉強できそうだと気がつきました。同僚や上司とも相談したところ、学士の称号はとれないが、大学の夜間の専門部（旧制）では大学並みの講義が受けられるということを知りました。

そこで、実業学校卒でも入学できて勤務先からも近い、日本大学専門部の経済科に入学の手続きをとりました。そして上司の許可を受け、夕方からの授業に間にあうよう、桜田門にある役所から学校に通うことになりました。

こうして大正十五年四月から通学がはじまって、帰りは市電と京成電車を乗りついで南葛飾の吾棲町に夜遅く帰宅する日々となりました。外国語の授業などは夜九時からはじまるので、一週間のうち三日は赤電車になりました。赤電車とは、行き先表示に赤色ランプが灯る終電車のことを、皆がそう呼んだのです。

いつも二食用の弁当箱にご飯をしっかりと詰めてもらって家を出ます。半分は役所で昼食に、残り半分の夕食は学校前の赤提灯の食堂で授業の合間にすませます。几帳面な一太郎は、この予定した行動を決めた通りに実行し、外食を控え節約しました。

卒業に必要な単位のうち憲法や民法、商法などは優先してとり、専門の経済学の原論や政策、社会学、経済史、それに英語やドイツ語は二、三年かけてとるよう考えました。講義ノートは土日と祝祭日にまとめて整理し、参考書などはヒマな時間を見つけて読むように心がけました。

そして、一太郎が夜学に通いはじめた年の十二月二十五日に、天皇が崩御されました。翌日に皇位が継承され改元されたので、新しい元号の「昭和」元年は大晦日までの六日間だけで、七日目には昭和二（一九二七）年元日となりました。

二月七日から大正天皇の大喪の儀がとり行われ、ご霊柩は、皇室専用の新宿御苑仮停車場から中央本線を大喪列車で運ばれて、多摩御陵に安置されました。

第二章

家を建てる

関東大震災の後も不景気は一段と深刻になっていましたが、その大正の世が終わった翌昭和二年の三月に一太郎の次女が生まれました。一貫目（約三・七五キロ）以上もあるしっかりとした体格の子で、一太郎は新しい世代が泰平であるように願い、ヤス子と命名したのです。

しかし、はじまったばかりの昭和の世は、さわがしい幕開けとなりました。ヤス子が生まれた半月後に金融恐慌がおこったのです。その引き金となったのは、

「片岡大蔵大臣が昨日の衆議院予算委員会で、東京渡辺銀行が破綻したと発言！」

という三月十五日の朝刊の大きな見出しでした。この新聞記事を見た預金者が、朝から銀行に殺到して各地で取りつけ騒ぎとなりました。

大臣発言の真相は、東京渡辺銀行の役員が前日の昼に大蔵省を訪ね、事務次官に、

「当銀行は本日の決済ができなければ、業務停止をするかもしれない」

と伝えました。次官はこのことをメモにして院内の片岡蔵相に手渡しました。

実際は、銀行では午後の閉店ぎりぎりに決済ができていました。しかし、大蔵省に伝えるのが遅れたようで、大臣は予算委員会でそのメモについて発言してしまいました。新聞は銀行に確かめずに大臣の発言だけを報じてしまったようです。

この取りつけ騒ぎは半月ほどで収まりかけました。ところが、四月になって新興財閥の鈴木商店が倒産したのです。鈴木商店は台湾銀行から四億円近い巨額の融資を受けていたため、政府も出資している台湾銀行まで休業に追いこまれました。

翌日から全国で休業する銀行が相つぐことになり、若槻内閣は責任をとって総辞職しました。次の田中内閣の高橋是清蔵相は、大急ぎで片面だけ印刷した二百円券を増刷させ、それを各銀行の店頭に積み上げて預金客を落ちつかせました。ようやく五月後半になって、この昭和の金融恐慌は終息しました。


こうした金融不安は、大正時代の第一次大戦後の不況や大震災の混乱からつづいていたのです。その不安定な世の中は昭和になっても変わらなかったのです。世の中に不安が長引くと犯罪も増えるもので、一太郎が勤めている警視庁の鑑識課でも、未解決のままの大きな事件を抱えていました。

それは、大正十五年七月頃から二年半あまりも未解決で、捜査がつづいている事件でした。強盗六十五件、窃盗二十五件、加えて婦女暴行まで犯し、犯行手口がすべて共通していたので同一犯と認められていました。

その犯人は被害者の家に押し入ってから戸締まりや家の弱点を説教して立ち去るので、世間では「説教強盗」と名づけたほど有名な事件になっていました。

長引くこの事件に東京府民は不安をつのらせ、開会中の国会では「帝都不安一掃に関する法律決議案」まで上程されるさわぎで、朝日新聞社は犯人逮捕に懸賞金を出すことを紙面で公表していました。

この連続強盗犯の有力な手がかりは、最初の犯行現場だった板橋の精米店の表ガラス戸に残された指紋だけでした。この事件が発生してから二年、解決に至らない捜査本部は、当時まだ新しい技術だった「指紋照合」による犯人割り出しを試みることにしました。

照合するデータは、警視庁鑑識課に保管してある犯罪前歴者の指紋原紙と、司法省（現在の法務省）法務部で保管している受刑者の指紋原紙の二種類を使います。当時その膨大な資料と犯人の遺留指紋とを照合する作業は、指紋原紙一枚ずつ肉眼によって行われていました。

鑑識課員は、土曜や日曜はもちろん祝祭日も返上し、出勤してから深夜まで休むことなく拡大鏡《ルーペ》を覗く日々が四か月つづきました。毎日帰宅する頃には目の疲労が甚だしく、指紋の隆起線も二重に見えるような有様でした。

その鑑別作業をはじめてから五か月目の昭和四年二月のある日、司法省に出張して鑑別作業をしていた同僚の本田小三郎が、その日の午後三時ごろに遺留指紋と合致する指紋印象を発見しました。

犯行現場のガラス戸に残された指紋と一致したのは、窃盗前科一犯で服役したことがある妻木松吉のものと判明しました。そこで直ちに逮捕令状が出され、急行した捜査員が板橋の自宅で逮捕しました。

この指紋鑑定作業の努力に対して、鑑識課の全員に警視総監と司法大臣から賞状と金一封が授与されました。また、朝日新聞社からは公表されていた犯人逮捕の懸賞金が同課に贈られました。こうして事件が落着したので、国会に上程されていた帝都不安一掃法案の決議も避けることができました。

警視庁が指紋を犯罪捜査に導入したのはこの事件のほんの十数年前からで、この新しい技術で捜査に関わることができたことに、鑑識課員はみな誇らしさを感じたものでした。

一方、この事件で徹夜作業をしていたちょうどその時期に、日本大学専門部経済科の卒業試験が重なっていたのです。それでも一太郎は苦労して追試験を受け、成績はともかく、三十二才の春にすべての規定単位をとって卒業することができました。

ところで、二十世紀になってわずか四半世紀の間に、各方面の技術革新や報道の広がりは世界的に進んでいました。

例えば、この年の夏にドイツを飛び立ちシベリアを横断し、一万一千キロの大飛行をした巨大飛行船ツェッペリン伯号が東京上空にやってきました。乗員六十人あまりをのせた巨体は霞ヶ浦に着陸したのですが、このような空飛ぶ客船の飛来は、庶民にも世界が身近になったように感じられたものでした。

一方、同じ年の十月二十四日、身近になった海の向こうのニューヨーク株式市場で株価が暴落しました。全米の新聞がこのことを「暗黒の木曜日」と大々的に報じたため、翌週の二十九日にはさらに大暴落となり、この「悲劇の火曜日」の市場は閉鎖となりました。

米国ではこの時、たった一週間で国家予算の約十倍の三百億ドルあまりが失われ、その影響は世界恐慌となって広がりました。

日本では、大正の不況から関東大震災、昭和の金融恐慌とつづいているなかで、金本位制の復活をしようとして貨幣価値が上がり、経済はデフレ化していました。

それに加えて世界恐慌が日本に伝わると、生糸の輸出などでアメリカへの依存を深めていた貿易産業などの株価は大暴落しました。そして、多くの会社が連鎖的に倒産しはじめ、失業者があふれました。

「大学は出たけれど……」と揶揄《やゆ》される働き口のない時代が、またしてもやってきたのです。かつて、一太郎が商店の奉公人だった頃にも不景気の波が押し寄せ、店が破産して路頭に迷ったことが想い出されます。その当時に比べて、今は曲がりなりにも月給とりの公務員であることを、一太郎は心底ありがたいと思いました。

ところが、そう思っていたのも束の間で、この不景気で黒田屋が別荘を敷地ごと手放すことになりました。そうなると、一太郎は家族と住んでいる借家を出なければならないことになります。

ここに住みはじめた頃は、まだ交番勤務で給料も少なく黒田屋の厚意にありがたく甘えていました。それでも、本庁勤務になってからは裁判所の指紋鑑定などで多少は別収入があり、実は家族のために自宅を建てることを考えはじめていた矢先のことでした。

しかし、当時は銀行ローンや公的な貸付制度などはなく、家を建てる資金は自分で工面するものでした。家を建てるには少なくとも一千円程度の資金は用意しなければなりません。当時の物価を昭和の末と比べると、一千円は約一千五百万円程度になり、月給五十数円の生活でこの資金を急に生みだすことは無理でした。

一太郎は、自宅を持つ心構えをするために、実は一年前から妻の美寿と話しあって倹約貯蓄をはじめていました。そして自宅を建てるなら、関東大震災の下町のことを思えば山の手の方が安心です。しかし、土地代を考えると東京市郊外の渋谷か世田谷、目黒辺りになるかと思いをめぐらせていました。

そんな矢先に黒田屋の別荘が売りに出され、引っ越すことが現実になったのです。そこで自宅を建てるならと思っていた世田谷・目黒方面で、とりあえず借家を探しました。

半月ほどして、武蔵野の雰囲気がいくらか残っている東京府下荏原郡野沢町、現在の世田谷区野沢に五人家族が住める借家を見つけました。

早速、五年あまり世話になった黒田屋に礼をして別荘を引き渡し、小春日和の温かい週末に荷馬車を頼み、身重の妻と子どもたちを連れて無事に引越しをすませることができました。

そして、新しい借家に移って間もない十二月十日、美寿が近所の産院で体重一貫目あまりの元気な女の子を出産しました。この三女となる赤子には豊かな人生をと念じてトヨ子と名づけ、年が明けて一月のお宮参りは姉たちと同じように、下総中山の鬼子母神に参詣しました。


しかし、この一家のような穏やかな生活の一方で、世の中では物騒な事件がおこっていました。その年の晩秋に、東京駅で浜口雄幸首相がピストルで襲撃される事件があったのです。犯人は、政党内閣が国を危うくすると考える右翼青年で、その場で逮捕され、裁判で死刑の判決が下されたと報道されました。

こうした事件の背後に何があるのか知ることもないまま、一般人は身内に危険が迫らないうちは、世の中はいずれ良くなると思いたいものです。

一太郎にしても我が家のことに思いを馳せ、家族五人が住む当節流行《はや》りの和洋折衷の家はどうか、震災の経験から屋根は軽い石綿スレートがよいか、などと考えを巡らしていました。

当時、庶民の家は地主から借地して建てるのが普通でしたから、広い庭や周りに自然を求めるなら、住んでいる野沢近辺が良いと思うようになっていました。それに、近くの畑地なら地代もそう高くはないだろうと、子どもを連れて散歩のついでに近辺を見てまわることもありました。

家づくりを思い立ってから三年もすると、夫婦で協力した貯蓄で予定した住宅資金の六割ができました。残りの四割は役所の同じ課の仲間たちと入っていた「無尽《むじん》」で調達することで、何とか資金のメドがつきます。

無尽とは、各自が月給から同じ金額を毎月出し合って積み立て、一年分の供出金の総額を利息のセリで毎年一人が落札する仕組みの、いわば仲間内の互助会です。返済は毎月の掛け金をその後も供出しつづければよいことになります。

銀行融資などは受けられない庶民の間では、まとまったお金が必要な時のために、当時はいろいろな無尽の集まりがありました。

次は土地ですが、昭和六年の春先のことでした。偶然でしたが、いつもの散歩の途中で造成している住宅用地を見つけました。根岸某という農家が、毎月の現金収入のために自分の畑地を宅地にしたもので、一区画約百二十坪で八軒分ありました。

その土地は、東京府下碑文谷のなだらかな丘陵地にある畑地で、付近にはケヤキとスギの防風林で囲まれた地主の農家と竹林が見えました。辺り一面には若緑の麦畑が広がり、松林が点在する東京市郊外の実に清浄な景色でした。生涯住んでもよいと素直に思えるこの環境に一太郎は満足し、その住宅用地の一区画に我が家を建てると決めて借地契約を結びました。

加入していた職場の無尽をその年の十一月に落札し、貯金を加えて総額一千円の資金の目安もつきました。家屋を建てるにあたって、近所の「平さん」と呼ばれる新潟出身の小林平吉という棟梁に相談したところ、快く引き受けてくれました。

当時の東京郊外の新興住宅地でよく見かける、ガラス窓で囲まれた明るい和洋折衷の小住宅が一太郎の希望でした。こうした希望と予算の案配から、解体した古い家の木材なども利用する工夫もして、棟梁の平さんが見積もった家屋の建築費は八百四十円でした。

この家の棟上げが行われたのは、中国の奉天《ほうてん》（現在の瀋陽）郊外の柳条湖《りゅうじょうこ》で満洲事変がおこった二か月後でした。この満洲事変から半年足らずのうちに、日本の関東軍は中国東北部を占領し、新聞は中国進出で日本は豊かになると報じていました。

しかし、一太郎の家が工事中だった昭和七年の一月八日、観兵式から戻る御用馬車の列が皇居前の桜田門までできた時、一人の男が弁当箱に仕かけた手投げ弾を投げつける事件がありました。その場でとり押さえられた男は、当時日本が併合していた朝鮮の抗日組織から送られた刺客ということでした。

天皇の御料馬車は無事でしたが、警視総監が警備の責任をとって辞任したことで、一太郎の勤め先では大きな話題でした。

同じ年の二月には、井上蔵相が選挙の応援演説に向かう途中で襲われ、拳銃で射殺されました。そして、三月一日に満州国が建国された数日後には、三井合名（三井財閥本社）の団琢磨理事長が、三井銀行の前で同じように射殺されました。

後に「血盟団事件」と呼ばれたこれらの事件は、国家改造を企てる政治運動家の井上日召の下で計画された「一人一殺」運動の集団がおこしたものと報じられました。この事件には、当時の反軍的な政治家や財閥人に反感をもつ右翼や軍の一部も加担していました。当時、こうした国内の物騒な事件を新聞で目にすることが多くなりました。

しかし一般庶民は、これから国をあげて戦争の時代がやって来るとは思いも及ばないことで、まして一太郎にとっては自宅のことで頭がいっぱいでした。

四月になって二十坪足らずの一太郎の自宅が完成しました。それは、緑色の石綿スレートの屋根、白く塗られた板張りの外壁、玄関ドアも応接間も同じ白い枠のガラス戸で囲まれたハイカラな外観でした。表の道からは白い門扉の奥に、子ども部屋の黄と赤のダイヤガラスがはめられた窓が見えました。

屋内は、手回しの蓄音機をおいた床の間のある八畳間、六畳の茶の間、三畳の子ども部屋、それに四畳半のリノリウム床の洋間がある間取りです。これらに加えて、風呂場や台所のある和洋折衷の木造平屋の家でした。

当時の東京市郊外はどこも同じでしたが、この住宅地にも電気と都市ガスは引いてありましたが、水道はないため各戸で設けた手押しポンプで汲む井戸水でした。台所の排水は裏庭に掘った汚水溜《おすいだめ》に流して地中に戻し、厠は汲取便所で、地主の農家が毎月の末になると汲み取りに来ました。畑の肥料にするということで、その礼にと野菜などをおいていくのが習慣になっていました。

そして、昭和七年四月十日に、野沢町の借家から家族五人そろって新しい我が家に引っ越しました。一太郎は玄関前に家族を集め、買ったばかりのツァイス・レンズの蛇腹型写真機で記念写真を撮りました。夫が三十五才で妻は二十七才、結婚してからちょうど十年目の春でした。

敷地内には広い庭ができて、一太郎はたくさんのバラの苗木を植え、美寿も家庭菜園をつくるなど、当時としては東京の典型的な郊外住宅だったのです。

新しい家の庭には子どもたちのためにと、果樹の苗木を植えました。でも果実がとれるまでには数年かかるので、引っ越したばかりの頃は、春には二子玉川の農園にイチゴ狩りに、秋には多摩川をこえて向ヶ丘の畑に梨狩りにと、子どもたちといっしょに出かけるのが休日の楽しみでした。

幼い頃に一家離散して家族の温みを知らなかった一太郎にとって、この幸せな気分はかけがえのないものだったのです。

戦争前夜

一太郎がつくり上げた家族のささやかな幸せはまだ保たれていましたが、世の中は不景気が長引いている上に、ますます物騒になっていました。

一太郎の家族が目黒の家に引っ越した翌月の五月十五日の昼ごろ、青年将校の一団が総理大臣官邸を襲い犬養毅首相を拳銃で射殺し、官邸の警備をしていた巡査二名も死傷する事件がありました。

この五・一五事件をおこしたのは、国家改造をとなえる海軍将校たちと陸軍士官学校の生徒たち、それに二か月前にあった血盟団事件の残党も加わっていました。彼らは総理大臣を殺害するのと同時に、宮内大臣の官邸や政党本部、警視庁、変電所、銀行なども襲いました。実行犯の多くは憲兵隊に自首し、逃げた者も検挙され、事件そのものは終息しました。

殺された犬養首相に代わって、海軍大将の斎藤實が挙国一致内閣を組閣したのですが、この事件があってから総理大臣には軍関係者が就任するようになりました。そして、明治憲法下の政党内閣は途絶えてしまい、政権には皇道派の軍人が関わるようになりました。皇道派とは、天皇親政のもとで国家改造をめざす精神主義的な軍部の派閥でした。この五・一五事件は、日本を戦争に駆りたてる序幕でもあったのです。

暗殺された犬養首相は、その年の三月に建国された満州国を承認していませんでしたが、齋藤内閣はその満州国の承認にふみ切り、国際社会からきびしい目で見られるようになりました。

国際連盟が派遣したリットン調査団は、満洲事変を日本軍の自衛措置とは認めず、満州国も純粋な独立国ではないという報告をまとめました。これに対し、日本政府はこの報告の受け入れを拒否し、昭和八（一九三三）年三月に国際連盟を脱退する事態となりました。極東アジアの情勢、とりわけ日本が中国大陸へ進出することで、国際社会は騒然となって、日本の立場は次第に不安定で不利になっていきました。

そのような世相の下でも子どもたちの成長は早いもので、一太郎の長女ヒロ子は世田谷区の旭小学校五年生、ヤス子は同じ小学校の三年生、三女のトヨ子は一年生になっていました。

一太郎は、自分の経験から貧困な境遇から抜け出すには学歴が必要であり、教育は一生の財産になると信じていました。日頃から子どもたちには十分な教育を受けさせようと考えていたので、ヒロ子には小学校を出たら高等女学校に進学させるつもりでした。

ところで、一太郎と結婚した頃には美寿は両親も姉妹も亡くし、実家の戸主となっていました。明治憲法下の旧戸籍法では、戸主が他家に入籍することはできないため、二人はずっと内縁のままでした。

公立の小学校は義務教育であまり気にしていませんでしたが、私立の高等女学校を受験するとなれば、戸籍の記載に父母の苗字がちがったままにはしておけず、正式に婚姻届を出すことにしました。

婚姻届を出すためには、美寿の戸籍上の戸主を解消しなければなりません。そのためには、形式的にでも美寿に養子を迎えて戸主の家督をゆずることが必要でした。

そこで、叔父の平山孝二郎に相談してみました。平山の家では、次男で二十四才になったフミオが同意してくれることになって、美寿の戸籍上の養子とすることに話がまとまりました。

昭和十年三月二十日付けで実家の家督を養子にゆずり、美寿が隠居届を出して籍を抜く手続きをしました。そして、東京市世田谷区長に一太郎と美寿の正式な婚姻届を出し、子どもたちは晴れて同じ苗字の父母の子として戸籍に記載されました。

もともと長女のヒロ子はおっとりした優しい女の子で、ヤス子は二番目のせいか気がつよく機転の利く子でした。末っ子のトヨ子は、いつもヤス子の家来のように後について遊んでいました。ある時、母親の言いつけで買い物に出かけるヤス子を追って、トヨ子も後をついていきました。

ヤスコは買い物を頼まれると、その釣り銭で菓子を買って食べながら帰るのを楽しみにしていたのです。その時も妹がついてくるのは気になりましたが、いつものように帰り道で栗饅頭を一つ買って食べました。指をくわえたまま家に帰り着いたトヨ子は、

「ヤッコちゃんったらクリまんじゅうを買って一人でたべたの」

「おやおや、どうしてトヨ子ちゃんにもあげなかったの」

「だって、買い物のお手伝いはアタシひとりでしたんだもん」

と。

こうした光景は、父が勤めに出かけ、夕方には母の夕餉《ゆうげ》づくりを子どもが手伝い、家々

に電灯がともる頃、茶の間で皆そろって食卓を囲む。そういった平凡で幸せだった日々の一コマでした。

そのような想い出のなかのある晴れた日曜日、六才だったトヨ子が門の外で遊んでいると、年配の女の人が立ち止まり、

「ここは一太郎さんのおうちですやろか」

と尋ねました。

「ウン、アタシはオトウちゃんのウチのトヨコです」

「そう、お父さまかお母さま、おウチにいてますか」

「オカアチャーン」

と叫ぶ声に、美寿は割烹着の裾で手をぬぐいながら玄関に出てきました。

「あのオ、おみっさん？　うち大阪の大塚松江です」

「え、あのー、主人の……」

うなずく客から頭をまわして、

「おとうさーん、大阪のおかあさんですよー」

と、大声で奥に向かって叫びました。

大股で玄関に出てきた一太郎は、挨拶もそこそこに客を座敷に招じ入れました。その大塚松江を珍しそうに子どもたちが取り囲みます。

「お前たちのおばあさんだよ」

と父親に告げられた娘たちは、不思議そうに松江の顔を見あげていました。

松江は、一太郎が四才の時に別れた母親です。父の由次郎と離婚して彦根の実家に帰ったものの、後に大阪の大塚某と再婚していたのです。

家を出ていってから二十四年後、夫の由次郎が亡くなった時に、寺島町の一太郎の借家を弔問に訪れていました。美寿がはじめて義母に会ったその時は、ちょうどヒロ子を生んだ直後のことでした。その父親の葬儀で会った松江に、一太郎は記憶の母の容姿が重ならなかったのを覚えています。連れていった弟は、再婚する前に亡くなったことをその時に知り、母との関係が一層遠くなったと感じていました。

それから十年たったこの日、母の突然の再訪でした。東京で別の用事があって、前日に大阪から汽車で上京していたということです。

自宅を一太郎が建てたことや、孫が三人になったことなどは風の便りに聞いていたそうです。この日は、由次郎の供養のつもりで浅草の浄雲寺の墓に参じ、息子の家を探し当ててやって来たということでした。

「大塚のご家族はお元気ですか？」

「主人はとっくに亡くなって孫が五人、もう、おばあさんになってしもて……」

「お子さんの家族といっしょにお暮らしですか」

「今は大阪で独り身の末娘と二人、のんきに暮らしてます」

親子に共通の話題は少なく、子どもたちの話ばかりでしたが、やがて松江を玄関におくり出す頃には陽も西に傾いていました。娘たちは、各自お土産に頂いた人形を抱いて「大阪のおばあさん、またきてね」と、すっかりなついていました。

一太郎が母親に直接会ったのはこの時が最後で、それから二、三年後に松江が再訪してきた折は、一太郎は勤めに出ていて美寿と娘たちだけでした。


鑑識課に勤めて十年ほど過ぎたある日、一太郎は鑑識課長から、

「関東甲信越各県の警察本部に出張して、指紋認証技術の指導をして下さい」

と命じられました。課長から直に命じられることなど普段ないことでした。

聞くところによると、近ごろ軍部の憲兵隊が国内の治安にまで手を広げようとしていま

した。そのなかで、内務省は犯罪捜査に科学的技法をとり入れて警察の実力向上を促したようです。

そのために、全国の警察に指紋を利用した捜査を普及させようとしていました。各県で選抜した捜査経験者に、指紋採証や保管配列の方法、その照合法などの実務指導に、警視庁から一太郎などの鑑識課員が派遣されることになったのです。

一方、政界では軍部の力が大きくなって、首相が齋藤實海軍大将から岡田啓介海軍大将に代わると、陸軍の統制派の人々が政府の要職につくようになりました。統制派と呼ばれた人々は、軍の規律統制を強めて近代的な軍事国家をつくろうと考えていました。

それまで主流だった皇道派は統制派に押されはじめました。この軍の内部のもめごとに、野党から内閣不信任案が出され岡田首相は帝国議会を解散しました。

しかし、解散後の総選挙では与党が大勝し、岡田内閣は揺るぎないものと国民は感じました。ところが、総選挙から六日後の昭和十一年二月二十六日の朝、東京でクーデター事件が発生したのです。

一太郎はその朝、関東地区の県警に指紋の指導に出かける予定でした。その前に職場に寄るため市電に乗っていましたが、雪のためか三宅坂の手前で動かなくなってしまいました。小雪の降るなかを歩きはじめたところ、陸軍の兵士たちによって通行がとめられていたのです。通勤途中の人々が立ち往生していて、その人混みのなかにいた同僚から、警視庁関係者は麹町警察署に集まるよう非常呼集が出ていると伝えられました。

集合した先で耳にしたのは、その朝早く陸軍の青年将校と兵士たちが、時の重臣の自宅や官邸、朝日新聞社、それに警視庁を襲撃したということです。しかし、新聞やラジオなどの報道はとめられていたので、その時の伝え聞きだけでは実際のところ何も判りませんでした。

翌二十七日の朝刊の一面には、「帝都に青年将校の襲撃事件」という大見出しで、「襲撃によって高橋是清大蔵大臣、斉藤實内府大臣、渡辺錠太郎教育総監、松尾伝蔵総理大臣秘書官、要人警護の警察官五名が死亡」と、大きな活字だけで報じられました。

東京市内には戒厳令が布かれ、その司令部が九段下の軍人会館（九段会館）におかれました。戒厳令の下ではすべての行政権が戒厳令司令官に委ねられるので、警察もその権限下におかれます。

二十八日には戒厳司令官が反乱軍に対し、「断固武力を以て当面の治安を回復する」と通告し、二十九日には「下士官、兵に告ぐ」と題した次の内容のビラが飛行機から散布されました。

「今からでも遅くないから原隊に帰れ
抵抗するものは全部逆賊であるから射殺する
お前たちの父母兄弟は国賊となるので皆泣いておるぞ」

というもので、同じことが復旧したラジオでも放送されました。

そして、「勅令下る、軍旗に手向かうな」と大書されたアドバルーンまで空高くあげられました。

心ならずも反乱軍とされてしまった下士官や兵士たちは、つぎつぎと原隊に帰りはじめました。首謀者の青年将校たちは自殺を図る者もいましたが、夕方には全員憲兵隊に投降し、事件は四日目に終息しました。

投降した将校たちは、法廷で叛乱の真意を主張し争おうとしたようです。しかし、軍事法廷からは何も世の中に伝わることはなく、全員が銃殺刑に処されました。

この二・二六事件には、三年前におきた三陸の大津波や何年もつづく凶作などで、農村の娘の身売りや餓死する子どもたちの急増も背景にありました。この陸軍皇道派に近い青年将校たちは、腐敗した政財界の要人たちを亡《な》き者にすれば、農村の苦況を救えると考えて決起したという話もあります。

一方、事件の真相は、精神主義の皇道派による軍の独裁へ道を開くためのクーデターだったとも言われます。しかし結果は、逆に対立していた統制派と呼ばれる派閥に事件は押さえ込まれ、むしろ強力な軍の構造が確立してしまいました。事件後に成立した広田内閣は、軍備の増強を進めて強力な軍国主義の道をとりはじめます。

しかし、日本の農村は昭和恐慌からずっと窮乏したままで、生きるために都会に出てきた男たちも不景気で働き口がない時代がつづいていました。その起死回生の道として「五族協和」の名のもとに、内閣は「満州開拓移民推進計画」によって、大々的に満州開拓移民の募集を行いました。

一時は、家族ぐるみで多くの農民が満州に向かいました。しかし、昭和十二年七月七日の盧溝橋《ろこうきょう》事件を発端に日中戦争がはじまると、軍隊や軍需工場に多くの男たちが兵士や工員に徴用され、満州開拓移民は沙汰止みになります。

そして、翌年には満州の国防第一線とするため、政府は「満州・蒙古開拓青少年義勇軍」を計画し、その募集をはじめました。

昭和の世の中は、このように風雲急を告げていましたが、庶民は日常の生活習慣を急には変えようもありません。一太郎の家でも正月には鬼子母神に参詣を欠かさないよう、これまでと同じ習慣をつづけていました。

鬼子母神の帰りがけに国府台の子授かりの地蔵尊に参拝し、夫婦は「どうか男の子を授かりますように」と願うのでした。戦時には男の赤子は国の宝ともてはやされ、成人すれば戦場にかり出されるご時勢ですが、それでも親は家をついでくれる男の子を願うのでした。そして、その地蔵尊への願いが叶ったのか、昭和十三年三月に美寿は一貫二百匁もある体格のよい男児を授かりました。戦争が予感される暗い世相の下でも、一太郎はせめて明るい子に育つようにとアキラと名づけました。

この時期、美寿は子育てと家事、それに一太郎の痔や胃腸の持病につき合わされて多忙でしたが、幸い子どもたちはみな健やかに成長していました。

十三才になった長女が世田谷区にある鴎友学園高等女学校二年生、次女は旭小学校六年生、三女は同じく四年生、それに幼児の弟が加わり四人姉弟となりました。父母を加えて一家六人は、当時の標準的なサラリーマン家庭でした。

その家族が住む家は、南北にのびる私道に並んで建つ四軒の南の端にありました。周囲は広い麦畑に囲まれていたため、春一番のつよい南風が吹く頃には畑の乾いた土が舞いあがり、雨戸を閉めても家の内に細かい土埃《つちぼこり》が入り込みます。

この季節、夕方に学校から帰った娘たちは屋内の拭き掃除が習慣になっていて、

「お茶ガラをまいて細かい土を集めて、それから雑巾で拭くの……、ほらほら、雑巾は固くしぼって、タタミの目なりに拭いてちょうだい」

と、赤ン坊を背負った母親のかけ声に追われ、娘たちは土埃の始末をさせられました。

その季節を過ぎれば、白ペンキで化粧されたこの家の周りの広い庭には季節の花々がほころび、果樹が実り、小さいながら桃源郷のようでした。

日が暮れて帰宅した父親と卓袱台《ちゃぶだい》を囲んで家族みんなで夕餉をとる日々は、十二才で家族が離散した一太郎にとって、夢に見てきた幸せそのものでした。統制ばかりで狭苦しくて貧しかったけれども、日本内地の庶民の生活はまだ平穏な日常がつづいていたのです。

ところが、この年の四月に政府は「国家総動員法」を公布しました。これによって中学

生の勤労動員から物価や出版の統制まで、否応なしに庶民の日常は国家管理の下におかれ、戦争の気配を感じるようになりました。

そしてついに、翌年の秋には緊迫する世界情勢のなかでドイツ軍がポーランドに侵攻し、ヨーロッパで第二次世界大戦がはじまったのです。

しかし、日本では同盟国のドイツを支援して参戦するような余裕はありませんでした。むしろ朝鮮半島の大干ばつで、政府は「戦時下の食糧供給は満州開拓以外になし」と国民の目を中国大陸に向けさせたのです。

おりからの経済統制で立ちゆかなくなった商売を捨てて、多くの人々が「満州に行けば何とかなる……」と海を渡ることになりました。

こうした世の風潮とは別でしたが、警視庁鑑識課員に満州転勤の話がもち上がりました。満州国政府から指紋制度の創設を要請された日本の内務省は、それに応えるため鑑識課に協力するよう命じたのが話のはじまりでした。

昭和十五年の正月、上司から満州国の指紋管理の職務を打診されたのですが、満州国は日本が認めた独立国なので、この任につくには警視庁を一旦やめなければならないということです。それを聞いて一太郎は思い悩みました。しかし、満州支援は日本の国策なので、公務員としてこの話を断ることはむずかしいことでした。

結局、警視庁を退職した翌日付けで、満州国々務院技士に任官する辞令が発令されました。そして、三日後には満州国首都の新京市《しんきょう》（現在の長春市）にある国務省治安部指紋管理局に出頭しなければないという忙しい赴任となりました。

もっとも、外国の公務員になるといっても、当時の日本人にとって満州に赴任するのは、日本領だった樺太や台湾に転勤するのと同じ気分でした。

赴任した先には、警視庁の同僚だった万善事務官と本田技士の二人も先に着任していました。その本田技士とは、十年ほど前の説教強盗事件で犯人の遺留指紋を割り出す作業をいっしょにした昔からの仲間でした。

そして着任した翌日から、満州国の指紋登録制度をつくる実務主任として、直ちに仕事をはじめることになりました。

戦時下の処世

その日、一太郎が腰を打って入院している病院を、トヨ子が姉のヤス子を連れて訪れていました。二人がベッドの父親の体を清拭しているところに、しばらくぶりに長男のアキラが勤務先の盛岡から上京して顔を見せました。

「見舞いが遅れてすみません、打った腰の具合はどう？」

と、父のベッドに歩み寄ろうとしましたが、

「あんた、オトウさんが入院したのに、どうしてすぐに来ないの」

と、齢《とし》の離れた姉たちの怖い顔に、

「春休みになるまで講義を休めないもの……、これでも急いで来たんだぜ」

と、姉たちの小言に言い訳をします。

「いや、忙しいのによく来てくれた、遠いところから」

と父親は息子をかばいますが、

「あら、今は東北新幹線で三時間足らずでしょ、お土産は？」

「ヤス子いい加減にしなさい、しばらくぶりに皆そろったのに」

入院中を忘れて、父親のベッドの周りがにぎやかになりました。同室の他のベッドを気にしたトヨ子が「声が大きいよ」と皆を制し、アキラに顔を向けて、

「このところオトウさんの昔話を聞いているの。オトウさんの体を拭いたら、またつづきの話を聞くところよ」

父の清拭を終えたヤス子が四十代の弟を指して、

「この前の話だけど、大阪のオバアさんが来たのは、まだこの子が生まれる前よネ」

「ボクはヤス子のひとまわりも下だから……」

「若い男はみな戦争にとられる時代で、ウチは女ばかりで助かったが、でもお前が生まれて皆喜んだものだ」

「ボクは幼い頃のことはほとんど憶えてないけど、いちばん古い記憶は何か下の方に水がうず巻いている広い景色なんだが……」

「多分それ、満州にいたオトウさんを皆で訪ねた時よ、下関から釜山《プサン》にわたる連絡船から見えた海じゃないかしら」

「アタシも憶えてる、日本人優先で乗り降りしていた関釜《カンプ》連絡船のデッキで、アキラが抱っこしてくれた学生さんにおしっこ漏らしたの」

「そうそう、でもその韓国人の学生さんは怒らずに、後始末をするオカアさんを手伝ってくれたのよ」

「赤ん坊だったから、そこまで憶えてないけど……」

当時二才半の幼児だったアキラの脳裏にはもう一つ、抱かれて座った席の小さな窓から、樹々がまばらに生えた広い野原を見たと言います。

その光景は、新京の公園におかれていた満洲事変記念の大砲の台座から見えたものに違いないと、姉たちは頷きあいました。

それは昭和十五年、満州にいた父親を家族で訪ねていった時の話でした。

満州国の国務省指紋管理局で一太郎が仕事をはじめて半年、その夏に一週間ほど休みがとれることになりました。そこで、子どもたちの夏休みにあわせて家族を新京に呼ぶことにしたのです。

家族を呼ぶといっても、当時は東京から下関まで汽車で一昼夜、下関から関釜連絡船で玄界灘を渡ります。それから朝鮮半島をまた汽車で縦断し、中国大陸の奉天《ほうてん》（現在の瀋陽）

経由で新京（現在の長春）まで二日以上かかります。その道のりを女一人で四人の子どもを連れて旅をするのは、妻の美寿にとってはたいへんなことでした。

　一太郎は、東京からの長旅で疲れきって到着した美寿と子どもたちを新京駅で出迎え、そのまま自分の寄宿先に案内しました。

　そこは樹木に囲まれた官庁街の一角で、日本でもまだ珍しかった近代的なコンクリート三階建ての官舎でした。その二階にある広い二部屋の住まいで、家族そろって夏の一週間をすごすことになったのです。

　宿舎について落ちつくと、一太郎は妻と子どもたちに異国の暮らしぶりを話して聞かせました。氷点下三十度にも下がる冬のきびしい新京のこと、それでも官舎はスチーム暖房で、室内はシャツだけですごせるのです。その暖房の蒸気を拝借してご飯を炊くと台所のガスより早いことなど、便利な独身生活を面白おかしく話しました。

　そして、翌日からは外に出て官舎の周囲の木陰でくつろぎ、新しい街の大きな公園まで出かけて毎日をすごしました。

　時には父親が、家族みんなをマーチョという辻馬車で市内巡りに連れ出しました。子どもたちはきれいな絵の缶入ロシア飴や金髪の西洋人形などをデパートで買ってもらい大切に持ち帰りました。中華料理店で円卓を囲み、豪華な夕食を食べることもありました。

こうして、家族にとってのはじめての異国の旅は、子どもたちが興奮したまま一週間があっという間にすぎたのでした。


一方、日本国内では一太郎が満州にいた一年半の間に急速な変化がありました。

赴任した年の六月に隅田川に勝鬨橋が開通し、中央を八の字にはね上げて大型船が航行するといった明るいニュースもありましたが、同じ時期に東京と大阪で砂糖やマッチや木炭など、軍需品と関係があるものが切符制の配給になりました。

八月になると、価格統制で野菜を公定価格で売買することが決まり、同時に贅沢品の販売が禁止され、日常生活に明るい話がなくなりました。

九月にはヨーロッパでイギリスなど連合国と戦っていた枢軸国のドイツ、イタリアと、アジアで中国と戦っていた日本が三国同盟を結びました。

そして、国内では保守も無産も政党はすべて解散となり、政府の「大政翼賛会」が発足しました。その中央本部の下には都道府県と市区町村の支部がおかれ、ご近所には町内会に「隣組」ができました。この隣組が戦時の住民動員、金属供出、食糧配給、空襲の防空活動などを行う仕組みになりました。

翌年四月からはお米が配給制になり、六大都市では十一才から六十六才まで、一律に一日分が二合三勺（約三百グラム）と定められ、日常生活はすでに戦時の体制に入ったのです。

このような時期に満州での生活を一年半すごした一太郎は、日本が世界のなかで孤立しつつあることに、国内にいるよりも肌で感じていました。

一年後の夏には満州国の労務者登録制度が完成し、一太郎たちの任務は終了しました。そこで満州国の公務員を辞して帰国するか、そのまま指紋管理局に残るか、各自決めるよう上司から求められました。

「警視庁は一旦辞職しているので、帰国しても直には仕事がないから」

と、家族連れで赴任していた同僚の本田小三郎は、そのまま満州国公務員をつづけることに決めました。

「いっしょに……」と誘われたのですが、一太郎は満州にいることに一抹の不安感がありました。やはり家族といっしょに暮らすことをいちばん大切にしたいと考えたのです。そして、最初の予定通り帰国することに決めました。

そうと決めれば、官舎で一人暮らしをしていたので、至極身軽に帰国の途につくことができました。

満州から帰ってきても、一太郎は警視庁を退職していたので、一休みする間もなく職探しをはじめなければなりません。とりあえず家族六人が生活できる勤め口を求め、先輩で親友の鈴木留吉を訪ねて事情を話したところ、その場で彼が懇意にしている民間企業を紹介されました。

それは塚本精機という株式会社で、工作機械と電動モーターを商う商事部門と、石油掘削用の精密機械や軍需品を製造する生産部門がありました。この二つの部門に従業員が二百名くらい、資本金や営業実績などから中企業の上クラスといった会社のようです。比較的安定した企業で、給料面でも家族を養えると思いました。

それに口には出せませんが、妻子のある中年の戸主には徴兵の心配は少ないけれど、軍需会社ならその心配もさらに少ないだろうと考えたのです。こうした打算もあり、一太郎は入社することに決め、翌月から京橋にあるこの会社の本社に通勤する日常生活がはじまりました。

昭和十六年のこの頃、すでに北京や上海など、中国大陸の各地で日本軍が中国の国民党軍や共産党軍などとの衝突、すなわち日中戦争がはげしさを増していました。それにつれて、国内では徴兵される男たちを送り出す軍歌が、日本国中の町や村で聞こえるようになりました。

金属資源を輸入に頼っていた日本では、兵器を増産するために金属類の供出がはじまりました。街なかの辻々には、家庭や商店などから集められた鉄やその他の金物、それにお寺の吊り鐘までが積まれているのを目にするようになりました。

家々からは、金属食器をはじめ金銀やプラチナなどの貴金属まで、隣組を通じて供出を促されていました。ある朝、出勤する前に一太郎は妻の美寿から、

「町内の愛国婦人会が貴金属を集めにくるので、満州で買ってもらった指輪を供出したいのですが……」

と告げられ、言い争いになりました。

妻は、「お国のために……」と言うのですが、日頃から軍部の高圧的で強制的な政策に不満がたまっていた夫は、ついそのぶつけどころのない鬱憤《うっぷん》が破裂してしまいました。

「聞き分けのない、そんな小さな物がなんの役にたつ！」

と、四才の長男が見ている前で妻に手をあげてしまいました。

「勝手にするがいい」と言い残し、後味の悪さを胸にしたまま家を出たのです。しかし、出勤途中のあちこちで食べ物の配給のために並ぶ人々を見れば、妻が隣組のつき合いを大切にせざるをえない気持ちも理解できます。

食品や物品が配給制になってから、個人商店は売るものが手に入らなくなり、商売をやめて日雇い仕事の稼ぎにでも出ているのでしょう。商店街の見なれた飲食店、それに八百屋や魚屋まで、いつの間にか店を閉じていました。

美寿は小さな体で以前から気さくに近所づきあいをしていましたが、隣組ができてから変わってしまいました。母親と主婦の仕事で忙しい美寿にとって、世の中とはご近所のことで、大切な社会は隣組となりました。

配給も供出もお役所の通知もすべて隣組の回覧板で知らされ、その通知は命令と同じで守らなければなりません。その命令を実行するのは町内の愛国婦人会で、その主力の多くはご主人が軍人の奥様方でした。

美寿のいる隣組には、ご主人が海軍の大佐と主計少尉の二家庭がありました。大佐の奥方は日頃は家からあまり出ることはなく、その大佐の叔母という年輩の女性が近所づきあいに出ていました。その女性が隣組の音頭をとり、年輩の町内会長さんが隣組の主婦たちを集めて防空演習の指揮をとっていました。

この時期の日本政府は近衛内閣でした。政府は日本の中国進出で対立していたアメリカと戦争になることを避けるため、日米交渉を進めていました。その内閣が、昭和十六（一九四一）年七月に、東南アジアのフランス領植民地のゴムとオランダ領植民地の石油の利権を求め、日本の兵力を東南アジアの南部に進駐させたのです。

これに対し、アメリカは対日石油禁輸に踏み切りました。困るのは海軍で、備蓄した石油が底をつけば軍艦を動かせません。海軍では、それまで賛成していなかった陸軍の主張する開戦論に同調する者も出はじめました。

アメリカのルーズベルト大統領が、日米交渉中の日本に対して融和政策をとることを断念したようで、交渉の席上でコーデル・ハル国務長官も、その方針で野村大使に対応するようになりました。

日米戦争を回避する道は遠のいてしまったのです。日本国内でも、戦争に備えて大学や専門学校の在学期間を短縮することが決められました。

近衛内閣は苦しいながら日米交渉の道をさぐっていましたが、交渉期限の十月十五日を過ぎても打開の道を見つけることができませんでした。政府内では対米開戦を主張する陸軍大臣に対し、それにふみ切れない海軍大臣、それに近衛文磨首相自身が戦争にふみ込みたくない様子です。結局、閣内がまとまらず決断できないまま内閣は総辞職し、政権を投げ出しました。

次の首相選びは、重臣たちの会合で、陸軍大臣であった東條英機陸軍中将を大将に昇格させ、次期内閣を組閣させました。そして、十月に東條内閣が成立しました。

この首相選びはかなり難航したようでしたが、東條首相に決まると、戦意の昂揚を書きたてきた新聞各紙は一斉に新内閣を歓迎する記事をのせました。

当時、国家総動員法が定められ、情報局が発足してから、日米開戦に向けた世論形成などは新聞を通じて行われていました。はじまって間もないラジオ放送も、同じように利用されていました。

東條内閣が成立して一か月後、日米交渉でコーデル・ハル国務長官から、日本軍が中国や太平洋から退く要請を含めたハル・ノートが示されました。これを最後通牒と受けとった日本政府は、対米交渉を断念して、アメリカやイギリスをはじめとする連合国との開戦論に固まりつつありました。

そして、昭和十六年十二月八日、突然、朝のラジオ放送で、

「……帝国陸海軍は八日未明、西太平洋において米・英両軍と戦闘状態に入れり」

と、大本営発表の臨時ニュースが流れました。同じニュースで中国や東南アジアでも多大な戦果をあげたと、勇ましい軍艦マーチと共に放送されました。

近所の隣組では町会長が音頭をとって、「万歳、々々」という人々の叫び声があがりました。こうして、ついに日本帝国は米英両国に宣戦布告し、日中戦争と太平洋戦争の同時戦争に突入しました。

国民の多くは、戦争をしなければならない理由を十分理解しないまま周囲の戦意昂揚の機運にのみこまれ、気分だけは高ぶっていたのです。

日清、日露の戦史を知る中年以上の人々は、中国大陸で戦争がはげしくなっているのに連合国を相手に二面戦争となり、「この戦争は長引きそうだ……」とささやき合いました。

一太郎にしても、大震災の廃墟となった下町の風景がよみがえり、素人考えでも、戦いが長引けば兵員と物資の面だけでも勝ち戦は遠いと感じました。

しかし、それを口にしてしまえば、特高（特別高等警察）という思想警察や憲兵隊がやっ

て来て、国家反逆の罪とされる時代でした。

このように世の中が緊迫したある朝、一太郎は社長室に呼ばれました。

「君、社長秘書兼庶務主任をしてくれたまえ」

と、塚本社長から直々に任命され、いささか面食らいました。

この会社は陸軍指定の軍需品の生産もしているので、その受注量を増やそうと工場の拡張を計画していました。それを実現するためには軍当局の許可をとらなければならず、その折衝役に公務員をしていた一太郎が期待されたのです。

社長の申し出を一太郎は引き受けることにしました。それは何よりも、一家の主人が軍需会社の役職であれば、妻や子どもが「オトウさんはお国のためにがんばっている」と、隣組で胸を張れることだったからです。

このような世情のなかでは、担当している塚本精機の新工場建設は会社の存立のためだけではありません。自分と家族が生き残るために是非とも成しとげなければと、心に決めました。もはや戦争の勝敗を考えているヒマはなく、現実に建設に必要な資材が乏しくなる前に、一刻も早く認可をとらなければなりません。そのため軍当局との折衝に走り出しました。

ところが、役所まわりをはじめて間もなく、政府から「軍需会社疎開命令」という指令が各軍需会社宛に出たのです。大本営が伝える戦勝つづきのなかで「軍需工場の設備を安全な地域に分散して疎開させるべし」と、本土空襲に備えよと言うような信じられない命令でした。

しかし一太郎は、この政府命令を利用しようと考えました。実際は会社の生産拡張のための新工場建設でしたが、命令に沿って疎開のためという名目で申請することに切り替えました。すると、軍の担当官は政府の会社疎開命令に応じた工場建設として扱い、すぐに認可が出ました。

新工場の建設は、塚本社長と相談しながら一太郎自らが担当責任者となって実行することになり、その新工場の建設用地の買収にとりかかりました。実は、前もって茨城県猿島郡古河町にある一万二千坪の農地に目ぼしをつけてあったのです。早速、その用地の買収にとりかかることにしました。

当時の「国家総動員令」の下では、地域社会に対して工事を保障するための顧問役が必要でした。その役目は古河町の町会議員三氏にお願いしました。所在地の古河町役場や警察署、職業紹介所、郵便局、取引窓口の常陽銀行古河支店などとの折衝は、その三氏を通じて行うことになります。

また、お米が配給制度で外食するにも自分の食べるお米を持参しないと食事ができませんでした。そこで一太郎は、お米の配給を受けるために古河の旅館の一室に住所を移すことにして、そこを一日中使える事務所兼宿舎としました。

さらに、店を閉めかけていた料理店にたのみ込んで、会社専用の接待場所として特約しました。外部の客や顧問の町会議員たちとの打ち合わせなどは、その特約した店を利用することにしました。接客料理に困らないよう、その店ではヤミ物資の食材なども手配してくれるという約束でした。

こうして、新工場の建設事業を行うため、現場の陣立てはすべて整いました。

用地買収についての地権者との交渉は、顧問の町会議員三氏を通じて話を通してもらいました。各農家を訪問して売却の話を進めましたが、順調にそれぞれ承諾を得ることができました。

そして、日を決めて農作業の終了した時間帯に、古河町の集会所で地権者と酒を酌み交わしながら小人数での話し合いの場をもちました。これがよかったのか、あまりむずかしい問題は出ませんでした。

しかし、契約を行うために全員に集まってもらった当日、買収価格は土地だけではないという問題がおきたのです。それは、買収予定の畑地に耕作している野菜や麦、豆類、それに苗木や茶の木などの俗に言う「ウワモノ」について、

「幾らで買ってくれるか即答してほしい」

と、責めたてるような要求が地権者各々から出されました。これに対して、

「今、本社と電話で話しあう時間がほしいので、即答できない」

と言ってしまっては、せっかく町会議員たちが仲介してくれた土地買収の話が不調になりそうな気配でした。

一太郎は腹を決めました。必ず社長は了解してくれると信じ、独断で、

「土地を心よく売り渡してくれるなら、土地代プラス農地の作物全部を塚本精機で買い取り、土地権利書と引き換えに即金で支払います」

と、ウワモノ付きで、しかも現金で支払うことを、その場で承知して見せました。

責任をもって即答したので、満座の地主連中は信用してくれて静かになりました。芝居なら大向こうから拍手を受ける千両役者の大見得ですが、一太郎の方は冷や汗ものでした。

こうして、とにかくその場は一段落しました。

早速、出張してもらった常陽銀行古河支店長と三名の行員によって、約束の土地権利書と土地代プラス農地の作物代金との現金引き換えが円滑に行われました。地権者たちは機嫌よく帰途につき、これで一太郎も用地買収の重荷をひとまず肩からおろすことができました。

土地が決まれば、軍当局との契約で六か月以内に新工場を動かさなければならないので、一挙に忙しくなります。まず、工場の建設と設備の実施計画、その予算組みからはじめました。この建設予算案は、土地買収や工場建設の費用全額を塚本精機の自社資金で賄うため、社長の決裁を仰ぐことになります。

そして、予算を組むと同時に、工場建設の資材は統制物資なので、軍当局に資材の配給切符の支給を急いで申請しました。さらに、着工と同時に生産機器の移転も六か月以内に終わらせる約束です。そのため、建物の完成順に機器類を分散して移す計画を立てなければなりませんでした。

こうした予定を立てながら、確保した用地を農地から工場用地へ転用することと、地目を軍需品工場とする用途変更の手続きを行いました。

茨城県庁は古河から遠い水戸市にあるので、申請書類などを徹夜で仕上げて県庁に出向いて日帰りするのでは、頭も働かず打ち合わせの時間もとれません。そこで県庁に用がある時は水戸駅前の旅館に一泊するので、古河との往復には二日かかることになります。

当時、一太郎は一人でこの事業の統括を現場でしていたので、本社への工事進捗の状況報告などは、顧問をお願いした古河町の町会議員の一人が担当していました。

これらのことと同時進行で建設工事の請負人を決めるのですが、社長の意向もあって、本社近くの東京都中央区西銀座にある島藤建設株式会社に請け負ってもらうことになっていました。建設契約も社長同士の間で結ばれたので、一太郎は現場で島藤建設の現場担当役の茂手木専務と折衝することになりました。

当時の記録には、建設される工場と付設される建物について、次のように記されています。

一、工場建物（平屋建て、木造瓦葺き）
・機器生産工場、三棟
・熱処理工場、一棟
・圧延工場、一棟

・赤煉瓦造変電所、一棟
・自動車車庫、二棟
・守衛所、一棟
二、事務所等の建物（二階建て、木造瓦葺き）
・事務所（会議室、応接室、陸軍監督官室等）、一棟
・更衣室棟（女子用、男子用）、一棟
・食堂（上階、下階は倉庫）、一棟
・従業員利用棟（会議室、図書室、娯楽室）、一棟
・単身職工員用宿舎、一棟
・職工員等の宿直室、一棟
・社員用住宅、五棟
・工員用住宅、五棟
以上、総棟数は計二十五棟、建物延坪二千五百坪（八二五〇平方メートル）、ほかに防火用池、防空壕等、となっています。

この古河工場を請け負う島藤建設は、軍からの資材切符の割り当てが遅れても、手持ち

の建築資材を出して、結果的には予定よりわずか二か月遅れで完成させました。

これも、当時塚本精機の塚本藤三郎社長と島藤建設の島田藤社長が旧知の仲だったこともありますが、工事を進めるための一太郎の奔走と独自の手腕もありました。それぞれが相乗して好結果を生むことにもなったと思われます。

建物が完成する順番にしたがって、東京の工場の優良な旋盤や研磨盤、ボール盤などが分解され運ばれてきました。それとともに、東京からきた役付の工員数名と熟練工が数十名、それに古河町で採用した見習い工員四十名がそろいました。こうして、軍需品の生産がはじまり、終戦の日まで古河工場は活発に稼働がつづきました。


この新工場の建設にあたって、昭和の末の貨幣価値にしてみれば、土地だけでも数十億円の価値がある大事業でした。しかし、塚本精機は戦後になって老社長が亡くなって、次の代に会社は倒産してしまい、一太郎が苦心して建設したこの工場や設備は第三者の手に渡ってしまいました。

しかし、その懐かしい建物群は、戦後三十年以上たっても、東北本線の列車の車窓から古河駅の西南方向に見えていたものです。

疎開、空襲

太平洋戦争がはじまった頃、せっかく満州から戻ったのに父親があまり家にいなかったのを娘たちはよく憶えていました。甘える相手がいないので寂しかったのです。家には母親がいましたが、家事とまだ四才の末っ子の育児で手いっぱいでした。それに小柄な美寿にとって、隣組の主婦や老人たちで行う防空演習というつらい仕事もあったのです。

一太郎はその頃、古河で建設工事のすべての責任を任されていたので、仕事も不規則で東京になかなか戻れませんでした。それに、古河では自分の裁量ですべてが動くので、人生ではいちばん手応えがあり、仕事が面白かった時期だったのです。

それに、一太郎には懸命に働かなければならない理由がありました。若いうちに受けた教育が一生を左右すると信じていたので、「庶民の娘にはゼイタクだ」と言われても、娘は三人とも私立の高等女学校に通わせました。自分の経験から資格があると将来助かるはずだと思い、ヒロ子には高等女学校を出ると目白の保母専門学校に進学させました。子どもたちのために働くことは一太郎にとって生き甲斐でした。

昭和十八年春、東京府と東京市をまとめて東京都となったこの年に、ヒロ子は保母専門学校を卒業し、野沢町の幼稚園に保母として就職しました。そして、五才になった弟がその幼稚園に入園しました。

その頃の日本国民は、敵の空襲に備えて胸に住所氏名と血液型を記した布片を縫いつけるよう役所から指示されていました。幼稚園に通う園児たちも同じように上着の胸にその布片を縫いつけてもらい、肩から救急袋と水筒を十文字にさげて通園していたのです。

塚本精機の古河工場は建設が完了し、機械設備の移転も終わって操業がはじまりました。工場建設の仕事が一段落した一太郎に、社長から本社に帰るよう再三の連絡がありました。しかし、拡大した帝都を目標に敵の空襲に狙われるという噂がありました。それを伝え聞いた一太郎は心配で、東京より古河の方が安全だと思い、家族を呼び寄せたいと考えていました。そのため、まだ残務整理があることを理由に、東京本社へ帰る返事を先延ばしにしていました。

五月になって、いつも連戦連勝のはずの日本軍がアッツ島で「玉砕」したニュースが報道されました。北太平洋上の霧の立ちこめるこの島で、米軍の上陸攻撃によって日本の守備隊二千六百余名が全滅したのです。その死を、大本営は玉砕という勇ましい言葉で国民に伝えました。

この報道があった頃、本社から「古河工場の総務部長に任ず」という辞令が届き、一太郎は古河に留まることになったのです。

十月には、冷たい秋雨に濡れる明治神宮外苑で学徒出陣壮行会が行われ、徴兵を免除されていた大学生まで戦地に駆り出されるほど、当時の戦況はすでに切迫していたのです。

翌年になると、それまでは演習だけで実体験はなかった空襲が、次第に現実味をおびてきました。東京都内の木造建物が密集している地域では、空襲による延焼を防ぐ空地帯をつくるために「建物疎開」という名の建物取り壊しがはじまりました。

息苦しい世の中でしたが、一太郎の家ではヤス子が、姉の卒業した保母学校に進みました。息子のアキラは、戦時中は国民学校と呼ぶことになった小学校に入る年令となりました。

母親や姉たちが、男の子は第一師範の付属国民学校に通わせるべきだと言います。ご近所では模範的な家族の海軍大佐の子息が通うような学校です。一太郎は娘たちと同じ近くの学校がよかったのですが、ヒロ子が受験手続きをすませたようでした。

その付属国民学校では、物の名前や数を答える面接とくじ引きで合否が決まる入学試験がありました。面接試験に合格したなかにアキラも入り、体育館で行われたくじ引きで先端が赤い竹ひごを引き当て、運よく入学が決まりました。

四月初旬、アキラは制服・制帽に防空頭巾と救急袋も肩からさげて、満開の桜が覗く校門を、母親の美寿に連れられてくぐりました。そして、コンクリート建ての立派な校舎で入学式に臨みました。


その年の六月、北九州に米軍のB－29爆撃機による最初の空襲がありました。そして、夏休み前の七月にはマリアナ諸島のサイパン島で、日本軍の守備隊が米軍の上陸攻撃で玉砕したというラジオ放送がありました。国民はようやく戦況が悪化していることを実感したのです。

このサイパン陥落の責任をとって東條内閣は総辞職し、陸軍大将小磯国昭の内閣に代わりました。そのひと月後、北九州八幡製鉄所を狙ったB－29の二度目の空襲があり、五万人以上の罹災者が出ました。

このため、日本の都市部の学童に集団疎開が計画されました。東京では板橋区の国民学校が第一陣として出発し、その後一か月の間に、東京の国民学校の三年生以上二十万人が疎開したと報じられました。

中学生や高等女学校の生徒は、兵役で減った工員たちに代わって軍需工場に学徒動員されました。保母学校と高等女学校に通っていた一太郎の娘二人も、学徒動員で学校ではなく軍需工場に弁当をもって毎日通うようになったのです。

そして、小さな桃源郷のようだった一太郎の家でも、庭を彩っていた花壇をつぶして大きな穴を掘り、穴の上に数枚の厚い板をわたして土をかぶせた防空壕が二か所つくられました。その一つには家財を入れ、もう一方は家族が防空頭巾をかぶって避難するためでした。

夜寝る前には、空襲警報のサイレンが鳴ったら直ぐに避難できるように、枕元に衣服をたたんでそのうえに防空頭巾と救急袋をそろえておくのが習慣になりました。

翌昭和二十年の正月を過ぎると、戦争はだいぶ不利になってきたようで、昼間でも空襲のサイレンが鳴るようになりました。そして、占領されたマリアナ諸島から飛んでくるという米軍のＢ－２９の大編隊が、東京の冬の透き通った高い空を飛ぶのが見えました。高射砲の白い綿のような破裂雲が点々と青空にあがり、爆撃機の編隊はそれより高空をゆうゆうと内陸へ飛び去るのが見えました。たまには、そのＢ－２９の編隊に小さなケシ粒のような日本の戦闘機が挑むのですが、敵の編隊はそのまま何ごともなかったように遠ざかりました。

古河では、二月頃から塚本精機の工場の上空を、東京方向から飛んできて北の方に向かうＢ－２９の編隊を連日見るようになりました。その先の群馬県太田市の方向には、日本軍の戦闘機を造っている中島飛行機の製造所がありました。どうやらそこが爆撃を受けているようで、爆弾の音が遠雷のように聞こえるようになりました。

その中島飛行機の工場は空襲で徹底的に破壊され、多数の死傷者が出たという話が伝わり、塚本精機の古河工場では敷地内のあちこちに防空壕が増設されました。

三女のトヨ子の話では、学徒動員で通う東京大田区の工場付近も、空襲の被害があって、近くに住んでいて焼け出された同級生を級友たちで慰めていると、

「これからも空襲は連日あるから、みな同じ罹災者になる。仕事の手を休めるな」

と、工場に配属されている将校から言われたそうです。

そして、三月の東京大空襲のことは一生忘れることはできません。米軍のＢ－２９の大編隊によって東京は夜中の大空襲を受けたのです。

その夜は一太郎も古河の工場から目黒の家に戻って、久しぶりに家族みんなが集まり、灯火管制のために黒い布で覆った電灯の下で夕食の丸卓を囲みました。

早めに寝床に入り、ひと寝入りした頃に警戒警報のサイレンが鳴って目がさめました。間もなく「うウ〜、うウ〜」と断続して鳴る空襲警報で、頭は寝ぼけたまま体は大急ぎで衣服を着替え、防空頭巾をかぶって庭の防空壕に皆で避難しました。

地中にいても遠雷のような音が伝わってきます。ずいぶん長い間おびえて身を寄せ合っていたのですが、ようやく明け方近くになって警戒解除のサイレンが鳴り、防空壕の外に出ました。まだ外は真っ暗なはずなのに、東側の空が日の出前のように明るくなっていて、空一面が暗い朱色に染まっていました。近所で大人たちがさわぐ声に一太郎も外に出ました。どうやら空襲の被害が大変なことになっているということは家の中にも伝わってきました。

朝になって娘たちは学徒動員されている工場に出かけて行きましたが、一時間もしないうちに戻ってきました。空襲の被害で交通がすべて止まっていて、働いている大田区の工場まで辿りつけなかったのです。

後の記録では、九日午後十時頃から米軍の偵察機が一機ずつ断続的に飛来し、午前零時ごろから、マリアナ諸島を発進した約三百機のB－29が東京上空に殺到したのです。そして、じゅうたん爆撃で隙間なく油脂焼夷弾三十万個あまりも投下したと言われます。都内数か所から一斉に火の手があがり、二、三時間のうちに下町方面、東京湾岸から山の手の市街地まで一夜で焦土になりました。二十七万戸以上が焼失、八万人あまりの生命が奪われたと記録にあります。

その一週間後、硫黄島の日本軍守備隊が玉砕したという報が伝わりました。そのためか空襲がはげしくなって、長男アキラの通う国民学校でも、政府の方針で新学期から長野県に集団疎開して、世田谷の校舎は閉じることになりました。

空爆が東京郊外にも広がってきたので、家族は目黒の家から一太郎の住む古河工場の社宅に疎開することにしました。長男のアキラは国民学校の集団疎開には加わらずに、三月のうちに古河に疎開することにしました。こうした家族単位の疎開は、当時の集団疎開に対して縁故疎開と言われました。

古河への引越しは、一太郎夫婦が日用品を背負って往復しました。女学校を四年生で繰り上げ卒業になったトヨ子も含めて三人の娘たちも、自分の荷物を背負って往復しました。古河へは赤羽から蒸気機関車の引く列車、つまり汽車に乗るのですが、いつもひどく混んでいるので、七才になったばかりのアキラは自宅で留守番でした。

東北本線は混んでいてキップがなかなか手に入らないので、目黒と古河を往復する家族のために一太郎はその手配にはずいぶん苦労しました。

荷物運びが終わって、いよいよ母親がアキラを古河に連れて行くことになり、息子の背中に着替えと勉強道具を背負わせ出かけました。

その頃は列車の屋根にまで客が乗っているほど満員で、子どもは窓から車内の人に受けとってもらい、母親はデッキに押し込まれます。古河駅につくと、母親は先にホームに降りて子どもを車窓から受けとるのでした。

疎開先の塚本精機古河工場の社宅には、父親といっしょに長女のヒロ子も少し前から住んでいました。しかし、母親がアキラを連れて社宅についた時は、会社に出ている父親も郵便局で臨時に働いていたヒロ子も勤務中で不在でした。

母親は娘二人を東京に残しているので、息子を社宅に届けると東京にとんぼ返りで古河駅に戻ります。新しい社宅に一人残された息子は何をしてよいか判らず、

「ヒロ子おねえさんがもうじき帰ってくるからね」

と、母が残した言葉をたよりに、窓から遠くに見える汽車の煙を母に重ねて見ていました。

その時の心もとなく寂しかった気持ちだけが、アキラの記憶につよく残っていたようで、帰宅した姉や父親とどうすごしたかは憶えていないようでした。

四月になって、次女は姉と同じ郵便局の臨時職員にしてもらい、三女は役場の臨時雇いの手伝いになりました。アキラは古河町国民学校の二年生に転入しました。

疎開してきたばかりで言葉使いがちがい、アキラは古河の学校には馴染《なじ》めなかったようです。それに昼になると、アキラの弁当は麦だけのご飯で、地元の子どもたちから「ムギベー（麦ばかり）のメシ」と言われ、からかわれました。

その話を聞いた母親は息子が不憫で、最後の晩餐用に家宝のようにとっておいた砂糖を「おねえちゃんたちには内緒だよ」と、ひと匙《さじ》与えました。

在学したのが二年の一学期だけだったので、アキラのこの学校の記憶はわずかのようです。当時の学校では、全国どこでも登下校の際に天皇皇后のご真影《しんえい》がある奉安殿《ほうあんでん》に敬礼をする決まりでした。古河の学校ではその奉安殿が校門の脇にあったことや、梅雨時のじめじめした木造校舎に入るのが、たまらなく嫌だったことぐらいしか記憶にないと言います。

一太郎の家族が古河に疎開した頃、組閣して一年足らずの小磯内閣は、米軍の沖縄上陸や中国戦線の敗色の責任をとって総辞職し、総理大臣が枢密院議長の鈴木貫太郎海軍大将に代わりました。

そして、日本列島の梅雨がまだ明けきらない六月末、米軍の上陸攻撃を受けた沖縄では、日本軍と島民が全滅したらしいという話が伝わりました。国民の間には日本の領土が占領され、日本全体が米軍の攻撃にさらされると衝撃が走りました。

すでに古河でさえ、役場帰りのトヨ子が米軍の艦載機グラマンに追われ、飛び込んだトオキビ畑のすぐ脇を機関銃弾の土しぶきが走り、死ぬ思いで帰宅しました。いよいよ日本の本土に上陸攻撃がされるのも近いという噂が広がり、敵軍の上陸に備え、本気で竹槍を用意する隣組もあると聞きました。

そのような緊迫した状況下、軍部からの命令で秘密兵器を受注したらしい塚本精機大崎工場では、全設備を急ぎ長野県の茅野へ疎開させることになりました。一太郎に、その移設の仕事を至急応援するよう本社から指示がありました。

早速、中央本線の茅野駅際にある現場にいってみましたが、まだ大崎工場の係員は駅の裏にある建物の借用契約をすませたばかりでした。その野菜市場だった建物は、そのまま工場に使える状態ではありません。工作機械を据えるには土台からつくり直さなければならないため、まずはその工事から急がなければなりませんでした。

一方、大崎工場の一帯は軍需工場が密集していて、近くまで米軍の空襲を受けている状況でした。疎開先である茅野市近くでも甲府市まで空襲があって、いつ鉄道が止まるか判らないので移設は急がれました。

そこで一太郎は、疎開させる必要のある機械のうちでも、直接生産に必要な機器と生産材料を最優先に送るよう大崎の工場長に連絡しました。つづいて生産用の高圧電力の送電線を引き込むよう、早急に電力会社と折衝しました。

工事用の資材は統制物資なので、長野市の軍本部と交渉しなければなりませんが、その割り当て切符を待っていては完成が遅れるので、現地で直接調達するため走リ回りました。

古河工場での経験から、茅野駅前の旅館の一室を事務所兼宿舎として借りました。それでも、長野市まで交渉に行って茅野に戻ると深夜になります。それに、もともと、この仕事の応援のために茅野にやって来たのですが、いつの間にか一太郎は全責任を背負わされたようになり、現地から動くことがむずかしくなっていました。

この茅野工場で生産される軍需品は携帯型の火炎放射器で、当時としては絶対秘密の兵器です。このため工場疎開計画は、設置から機械運転まで約二か月で終えなければなりません。関係者は昼夜駈けまわり、疲れが重なっていく毎日だったのです。

そして、ようやく茅野工場の整備が完了し、実際に兵器生産がはじまって三日目、八月十五日水曜日のことでした。

その日は朝から「正午に重大放送がある」と何度も伝えられていたので、昼前に操業を一時とめて、全員工場の事務所に集まって聞き耳を立てました。

正午になって、ラジオからは天皇陛下の肉声で詔勅《しょうちょく》が流れました。その放送は電波状態が悪いせいかよく聞きとれませんでしたが、どうやら戦争は終わったということは判りました。

動きはじめたばかりなのに工場の操業を止めて、工員や事務員は午後の作業を中止して宿舎に待機することになり、本社からの指示を待つことになりました。しかし、すでに東京大空襲で塚本精機の本社も焼失したことは茅野工場にも伝えられていたので、一太郎はとりあえず古河工場の社宅に帰ることにしました。

ところが、茅野駅では東京方面への中央本線は不通ということで、やむなく長野駅までいって上越線の東京行きに乗り換えることになりました。結局、茅野から八時間あまりかかって、八月十五日の夜の八時頃に高崎駅につきました。

戦争が終わったとたんに、すべての歯車が止まったように、高崎でも東京方面は不通となっていました。東北本線へも連絡不能で、その日は高崎駅の上りホームで新聞紙を寝床に一夜をすごさなければなりませんでした。一太郎は、長野で手に入った駅弁を食べたきりで、その後は食べものを買える所もなく、何も口にしていません。

そのまま一昼夜を我慢して、翌十六日の午後二時半頃になって両毛線小山行きの列車が出ると聞き、空腹のまま乗車しました。小山駅で東北本線の上り列車に体を押し込み、ようやく十六日の日没頃に古河工場にたどり着きました。

結局、茅野駅を出てから長野経由で高崎の駅に一泊し、小山経由で古河まで三十時間あまりかけ、空腹でふらふらの状態で社宅に戻ったのです。それは一太郎にとって、関東大震災の時に丸一日歩き回って帰宅した時より、ずっと難儀な道のりでした。

このように長野の茅野にいて敗戦を知った一太郎は、古河まで約三十時間もかかってたどり着きましたが、家族もみな戦争が終わった日のことを憶えていました。

娘たちは働いていた郵便局や役場で終戦のラジオ放送を聞きました。美寿は夏休み中のアキラと昼ご飯を終わって、近くの社宅の人にラジオ放送の話を聞きました。

その日は朝から快晴で、防空壕の盛り土に咲いた百日草の花々を前に「今夜から空襲がないのだ」と安堵し合ったと言います。

それぞれ苦労はありましたが、一太郎の家族全員が無事だったことは奇跡的な幸運と言えることでした。

終戦の前後は報道もまばらで、身のまわりで見聞きしたこと以外は何があったのか確かめようもありませんでした。当時の日本が、もっと重大な事態となっていたのを知ったのは、終戦から数年たってからのことでした。

例えば、終戦の日から十日前の八月六日、米軍機が広島市に「原子爆弾」を投下したことも後になって知ったのです。爆心地に近い産業奨励館が一瞬で廃墟とされ、原爆ドームとして現在もその惨状を伝えています。

その三日後、長崎市に米軍機がふたたび投下した「原子爆弾」が天主堂上空で炸裂し、一瞬のうちに大多数の市民が命を失う凄惨な状況となっていたのです。

八月八日には、日ソ不可侵条約を破棄したソ連軍が、南樺太、千島列島、満州に直接侵攻を開始しました。満州では関東軍の日本兵はもとより、国策で満州に送り込まれた開拓農民や満蒙開拓青少年兵はとり残され、過半は帰らぬ人となりました。帰国できた人々も目の前で親や兄弟が命を落としていたり、長年シベリアで抑留されて心身ともに深い傷を負った人々が多勢いました。

南樺太や千島列島から帰国者をのせて北海道に向かった日本の船が、留萌沖でソ連の潜水艦の攻撃を受けて沈んでしまう悲劇もありました。

昭和二十年八月十五日は困惑と苦悩の一日でした。毎年、終戦記念日として語りついでいるこの日には、こうした戦争末期の悲惨な事実がたくさん凝縮されています。

国内に残った日本国民も多くは何も知らされず、政府が無条件で受け入れたポツダム宣言の降伏条項によって、敗戦後は占領軍に支配されることになるのでした。

後の記録によると、この大戦で日本の戦死者は二百万人あまり、国内の死傷者は原子爆弾の被害者を含めて約七十万人とも百万人とも言われます。

これが、当時の国家予算の十一年分に相当する戦費をかけ、それ以上に国民の命と財産をかけた戦いの結果だったのです。しかも、生き残った者の飢えと我慢は、その後もまだつづきました。

第三章

敗戦の後

敗戦の二日後、鈴木貫太郎内閣は総辞職しました。そして、皇族の東久邇宮《ひがしくにのみや》殿下が組閣し、日本帝国軍の武装解除や降伏文書の調印などの敗戦処理にあたりました。しかし、国内の政治も経済も停止したままで、窮乏し生死をさまよう国民のために政府は何もできない状態でした。

敗戦直後の八月二十八日、連合国占領軍の米軍先遣隊が厚木飛行場に飛来し、三十日にはダグラス・マッカーサー連合国軍総司令官が、コーンパイプを手に同じ厚木に降り立ちました。

九月二日に、東京湾上の戦艦ミズーリ号の甲板上で降伏文書調印式が行われ、日本の重光外務大臣と梅津参謀総長、連合国側のマッカーサー総司令官と各国代表が署名しました。このことが新聞各紙に写真といっしょに大きく報じられ、国民は戦争に負けたことを実感したのでした。

その週末には東京に八千名規模の占領軍の兵士がやって来ました。そして、占領軍の兵士たちは国民を刺激しないよう「進駐軍」と呼ぶことになりました。

日本は各地に進駐した連合国軍の占領下におかれましたが、戦時中に隣組で噂していたような掠奪や集団暴行といったことは耳にしませんでした。もっとも進駐と同時に、占領政策によって新聞や郵便物の検閲がはじまっていて、占領政策への批判や進駐軍による犯罪報道などは検閲で消されていたようです。

実際には、占領軍兵士による殺人事件や強姦事件は多かったようです。隣組では婦女子は日常モンペを着用することや、単独で外出しないよう申し合わせました。立ち話でも、進駐軍兵士から一般家庭の婦女子を守るため、政府が銀座に慰安所を設け、犠牲となる職業慰安婦を集めているとささやかれていました。

一太郎が勤めていた軍需会社の塚本精機は、敗戦と同時に操業が止まり、古河工場も解散となりました。社員の家族は社宅を出ることになり、一太郎は長女のヒロ子を連れて、目黒の家の様子を見るために上京しました。

幸い目黒の自宅周辺は辛くも空襲の被害を免れていました。しかし、焼け残った留守宅には、戦災で焼け出された近くの家族が誰彼なく避難して住んでいたようで、家のなかは荒れ放題でした。

一太郎とヒロ子は、よごれた屋内を片づけて住めるように掃除をしてから、防空壕の家財道具をとり出して屋内を整えました。そして一週間後、とりあえず古河の社宅から目黒に引っ越すことになりました。

住む家があっても生活物資、とりわけ食料の不足は極限に達していて、戦時中から遅れていた食糧の配給は、終戦と共にいつあるのかさえ見通せなくなっていました。

主食となるお米の配給はないに等しく、あったとしても油を搾ったあとの大豆カスが多く混ざった玄米でした。その玄米だけ拾い出して一升瓶に入れ、棒で突いて精米してから炊くのです。

銀シャリと呼ばれた白米が手に入ることは、庶民にとって夢のまた夢で、普段は代用食のサツマイモやカボチャでした。美寿と下の娘二人は、生活の荷物と当座の食糧に買い集めたカボチャを運ぶため、何度か古河と東京を超満員の汽車で往復しました。そして、終戦の年の九月には古河の社宅を引きあげ、ようやく家族六人そろって自宅に戻ることができました。

一太郎は、東京に戻るとすぐに、明日からの生活のため職探しをはじめました。しかし、就職の手がかりはなく友人や知人の行方も判らず、ただ焼け跡を前に立ち尽くすだけでした。

終戦直後の東京二十三区内はどこに行っても大空襲の焦土のままで、相談する役所もどこにあるのか判らない状態でした。街を歩いてみても、焼け跡の空地には廃材やトタン板で手作りした仮小屋、いわゆるバラックが散見されるだけで、そこに生き残った人々が細々と生きていました。

九月になって集団疎開の児童たちに帰校指令が出ましたが、日本中で多くの学童たちが戦災で家も親も失って、帰る家もなく浮浪児と呼ばれて街にあふれました。彼らは街路や焼けビルの片隅にねぐらを見つけ、道行く人々に食べものをせがんで日々を生き延びるしかありません。

東京の街にも家や家族を失った復員傷病兵や、戦災で親を亡くした子どもたちがあふれていました。多くの浮浪者や浮浪児が鉄道や地下鉄の駅構内に寝泊まりし、街路に出ては一口の食べ物を求めていました。

往きかう人々はそれに目をとめることもなく、ただ前方をうつろな目で見据え、自らの食を求めて通りすぎる有様でした。都会の民は空腹に耐えるため、口に入るものなら何でも食べる餓死寸前の有様で、亡くなった親兄弟の身体にも手を出す人肉事件という悲惨な報道もありました。

戦争に負けるということが、こんな恐ろしい結果になるとは、四年前の開戦で昂揚した気分の頃には想像も及ばないことでした。

こうしたなかでも、隣組にいた元海軍の主計将校の家は、ご主人が終戦と同時に軍の備蓄食料を積んだトラックで復員してきました。二、三か月の間は隣近所がうらやむ暮らしぶりを見せて周囲から恨まれていました。

その年も暮れになると、このような旧軍部から持ち出されたものや進駐軍の横流しを含め、食糧や生活必需品を売るヤミ市場が現れました。一太郎の家の近くでも、三軒茶屋や渋谷の焼け跡にバラック建てのヤミ市場がいつの間にかできていました。

しかし、ヤミ値は戦時中の百倍以上にもなっていて庶民は手が出せません。

例えば、小さなイワシを三尾ほど串に刺したメザシ一串が、終戦前は十銭としなかったのに百倍の十円で売られていました。米粒と野草だけの汁状の雑炊でさえ、小鉢一杯で十円もしていては、横目で見ながら通り過ぎるだけでした。

やがて一太郎の家族の生活も主食の配給が途絶え、疎開先から運んだ頼みのカボチャも底をついてしまいました。瀬戸際の生活で、母親は食べられそうな雑草を道々つみ歩き、娘たちは食糧の買い出しに埼玉方面の農村を歩きまわりました。しかし、農家に頼んでも腹の足しとなるものはサツマイモだけで、それもほんの一貫目、約四キロ足らずを売ってもらうのにも足を棒に歩き回らなければならず、容易ではありませんでした。そのうえ、インフレでお金の価値が下がりつづけ、次第にお金に加えて衣類や虎の子の呉服などと交換でなければ、イモさえ手に入らなくなりました。

また、苦労して主食類を手に入れても、帰りの汽車で食糧統制の取締りに会うこともあります。その食糧管理法の検閲に会えば、荷物を没収されるばかりか持ち主も逮捕されます。運悪く検閲に会えば、持ち主は逮捕されないよう荷物を手放し、苦労して手に入れた食糧が没収されるのを横目で見送るしかありません。食糧の買い出しは家に帰るまで安心することができなかったのです。

古河から一太郎の家族が目黒に戻って半月ほどした頃、美寿はほんの少しでも白米を手に入れようと、故郷に叔父を訪ねることにしました。帰りの列車でお米の取締りに会うのを用心して、子どもの荷物までは調べないだろうと、美寿は幼い息子に小さなリュックを背負わせて連れていくことにしました。

叔父の平山孝二郎は、千葉県の八日市場に近い飯倉で昔から農業を営んでいました。以前、美寿と一太郎の正式な婚姻届を出すために、次男のフミオを美寿の養子として実家の戸主にしてくれた恩人です。

もっとも、そのフミオは養子に入って三年後、息子のタカヤスを残して病で亡くなっていたのですが、戦時中はその残された家族とも音信が途絶えていました。美寿が叔父を訪ねるのも、白米を手に入れるだけではなく、実家の遠藤家とフミオの家族がどうなっているか確かめることも大事な用件でした。

千葉の八日市場までは総武本線で往くのですが、当時は両国が始発駅でした。戦中戦後の混乱期には、蒸気機関車の石炭不足で汽車の本数が少ないため、早い時間から改札口に並ばなければなりません。

その日は駅で食べる朝食のつもりで蒸かしイモを布に包み、暗いうちに家を出ました。それでも両国駅の改札口には、すでに長蛇の列ができていました。

改札口のコンクリート床に座って待つ間に、朝食のイモを食べる時間があると思っていたのです。ところが、列車を待っている人が何か食べはじめると、駅にいるたくさんの浮浪児たちが一斉に集ってくるので、イモの包みを開けるのは遠慮しました。

昼少し前になって、ようやく混雑した列車に押し込まれて乗ったのですが、もちろん座席には座れず、混みあう通路に息子と新聞紙に座るのがやっとでした。そのまま二人は遅い午後に八日市場の駅につきました。

駅から子ども連れで十五分ほど歩き、八日市場の市街地にある老舗の藍屋《あいや》に寄りました。美寿はその藍屋に、母親が亡くなった六才の頃から、十五才で父親が亡くなるまで預けられていました。

その後、美寿が東京に出てから二十五、六年たちましたが、大きな土間や暗くて涼しい店先の板の間、それに古い手回しの電話機まで昔のままでした。しかし、店の人たちはすっかり代替わりして、可愛いがってくれた女将さんは戦争前に亡くなって、番頭さんや男衆も戦争にとられてしまったということです。そんな話をしながら今の当主が茶を入れてくれたので、ようやくイモの布包みを開けました。

しかし、少女時代の自分を知る人が誰もいなくなったと聞いて、美寿は自分の記憶さえ夢だったような気分で藍屋を後にしました。

先ほど店先で、遅い昼食の冷えた蒸かしイモを食べながら、母親の様子を見ていた息子は、店の人たちにくらべて母親が都会的なおしゃれな人に見えたと、手をつないで歩きながら幼い口調で伝えました。

「同じ田舎の奉公人だったけど、江戸っ子のお父さんと二十年以上もいっしょだったからかね」

と、暑さで乾いた口で少し恥ずかしそうに美寿はつぶやきました。

真正面からの西日で、考えるのも億劫《おっくう》な砂埃《すなぼこり》にまみれる道を一時間近く歩き、ようやく小さな山の裾にある大きな藁葺き屋根の平山家に辿りつきました。少し老けた叔父が元気に出迎えてくれました。

家の前に広がる青田と深緑の丘が連なる風景は、美寿が幼かった頃のままでした。裏山との間にある井戸の冷たい水で顔や手足の土埃を洗い流し、風の吹き抜ける板の間で久しぶりの叔父の笑顔に改めて挨拶しました。

「東京の家族はみな無事だったかえ？」

「ええ、おかげさまで家も戦災を免れて、家族六人みな無事に終戦になりました」

「そりゃよかった、うちは知っての通り長男は兵隊にとられて満州で戦死、ここには百姓をついでくれた三男と嫁と孫二人、それに長男の嫁と孫娘、皆いっしょに住んでるさ」

「ワタシの実家の遠藤はどうなってます？」

「アンタの所に養子に入った次男のフミオは七年前に亡くなったのは知ってっぺ」

「ええ、うちのこの子と同い歳のタカヤスが跡継ぎになっているのは知ってます」

「そのタカヤスさ、かわいそうに今年の春の東京空襲で死んじまったのさ」

「えっ？」

「知らなかったかえ、フミオが亡くなって嫁のミツエが連れて練馬の実家に戻ったのさ、それが運悪く四月二日の空襲で、防空壕に直撃弾を受けて二人ともやられちまったそうだ」

「うわあ……」

「先《せん》だって、ミツエの実家の小山さんから知らせがあって、フミオが東京に移していた遠藤の戸籍は、練馬の役場で抹消したそうだ」

「知らなかった、そうだったの」

　戦争で実家の戸籍が無くなっているとは、美寿にとってはじめて聞く話でした。大空襲の後は、人の往き来も郵便も絶えてしまい、同じ東京に住んでいながら何も伝わることがなかったのです。

今は遠い過去になってしまった自分の家族、大きいオバアさん、小さいオバアさんと呼んだ曾祖母や祖母、役場勤めの父、そして記憶が薄くなってしまった母や姉妹、戸籍という記録もなくなった実家を思い、美寿はしばらく拠りどころのない気持ちになりました。

その夜は叔父の大家族といっしょに食卓を囲んだあと、裏庭の風呂を使わせてもらい、座敷に整えてくれた寝床で母子は寝みました。

夜半に息子の小用で起こされ、はじめての外便所に怖がる子の手を引いて戸外に出ました。穴に板をわたしただけの厠で、自分も幼い頃にしてもらったように子どもの身を支えてやりました。

そして、満月に照らされて広がる田んぼの光景や、下駄で踏む草の感触に昔の記憶が戻りました。しかし、やがて美寿のなかではそれも遠のいて、この土地とも縁が切れてゆくように感じるのでした。

翌朝早く、日の出前のうす明かりのうちに、叔父の孫娘のエイ子が美寿の息子のアキラをさそって、二人で蝶の羽化を見に出て行きました。同い齢の小学二年生で、すぐに仲良しになった二人は田んぼの先にある里山の麓に向かいました。エイ子は、そこにある山椒《さんしょう》の木にアゲハのサナギを見つけておいたのです。

　里山につづく畔道に、東京では道端で摘んで食べているニシキソウやハコベがたくさん生えていました。アキラがしゃがんではそれを摘むのを見たエイ子は、

「そんな草摘んでどうするの？」

「おかあさんにもってくの、食べるんだよ」

　エイ子は、東京から来た子が畔道の草を摘むのを不思議そうに見ていました。

「そんな草食べるのか？　早く行かんとチョウチョが飛んでいっちゃうよ」

　はじめてのアゲハチョウの羽化にも興味津々ですが、いつも母親と野菜代わりの野草を探し歩く息子は、群生するニシキソウを見過ごせなかったのです。

　そして、摘んだ野草をかかえたまま、サナギからゆっくりと透き通ったチョウが出て、長い時間をかけて朝陽のなかで羽の色が変わる様を、エイ子と二人で見つめていました。

　朝食をすませると、美寿は平山の叔父が用意してくれたイモや野菜を風呂敷に包んで荷造りしました。貴重な白米二升は小さなリュックに詰め、その上に摘みたてのニシキソウとハコベの束を新聞紙にそっと包んでのせ、息子に背負わせました。

　駅に向かう途中で遠藤家の墓に参ることになり、長男の嫁とエイ子に案内してもらって

寺に寄りました。しかし、美寿が故里を離れてから四半世紀もたつので、古い墓石はみなコケむしていて住職にも遠藤家の墓の位置は判りません。墓地を歩きまわり記憶をたよりに見当をつけ、

「確かこの木の辺り」

と、松の木の根元に持参した花と線香を手向けました。

「後で確かめておくから……」

という嫁とエイ子に別れ、美寿と息子は駅に向かいました。

帰りの列車はきた時ほどは混んでいませんでしたが、それでも座席はなく通路に座って両国駅まで戻ることができました。途中で食糧の検閲に会うことはありませんでした。山手線の渋谷から玉川電車に乗りかえて、家まで無事に二升のお米を持ち帰ることができました。

美寿は実家が絶えてしまったことを知ってから、叔父にお米をもらいに行くことは遠慮しました。

一太郎は、敗戦後ずっと職を探しつづけていましたが、四十八才の男を雇ってくれる真っ

当な仕事はなかなか見つかりませんでした。

先の見通しなど立てようもなく歩きまわった末に、戦時中の古河工場建設で知り合った島藤建設の茂手木取締役を思い出して訪ねてみることにしました。この世情では建設会社でも事業の見通しがつかない様子でしたが、厚かましく求職の相談をしてみました。取締役はしばらく考えていましたが、

「島藤建設には戦時中から大工見習養成所があって、今も若者を預かっているのですが、その育成をする責任者の仕事をしてみる気はないですか」

という話になりました。

ほかに当てもなくワラをもつかむ気持ちで、一太郎はその場で承知しました。茂手木氏は直ちに島田社長の了解を得てくれて、その日のうちに島藤建設大工見習養成所の主事として勤めることになりました。

翌日、隅田川にかかる深川新大橋の際にある島藤建設の旧本社事務所跡を訪ねました。その辺りは大空襲の被害があまりにもひどいことに驚きました。その焼け跡のコンクリート建ての旧本社ビルに大工見習養成所はありました。焼夷弾で焼けた事務室跡を片づけて、五室分の間仕切りをしただけの寄宿舎でした。

十五才から十九才までの男子二十五名と、それに住み込みの教員四名の総勢二十九名がそこで寄宿生活をしていたのです。寄宿生のほとんどの者が、沼津や西伊豆地方の出身ということでした。

一太郎は事務を引きついだ翌週、三日ほどかけて親許を訪問してまわりました。そして、彼らが育った環境に比べると現在の養成所では少年たちの育成には荒廃しすぎていると思いました。建設技術を教えるだけなら何とかなるとしても、発育途上の少年たちの健康や躾などを考えると、この焼け跡の寄宿生活では、少年たちを一人前の職能人として育てる責任がもてそうもありませんでした。

前任の養成所の主事は建築設計の技師で、戦時中はこの養成所も長野の松本市郊外に疎開させていたようです。それなのに、この下町の焼け跡にどうして戻すことになったのか疑問でした。本社の役員たちが賛成したのも理解しかねることですが、おそらく経費や教員たちの都合だったのかも知れません。

そのうえ不安定な都会の焼け跡では、養成所の生活物資とりわけ食料の不足は深刻でした。寄宿生の食糧は配給の遅れがつづいているうえに、周辺の商店街も焼け跡のままで食糧の入手はむずかしい状態でした。

いろいろ考え合わせれば、実習資材の搬入には多少不便でも、養成所と少年たちを焼け野原の下町から郊外に移転することが最善だと思いました。そこで、一太郎は養成所の移転が必要な理由と、実施する具体案を島田社長に進言してみました。

数日のうちに「移転承認」の通知が社長から届きました。そこで、翌月早々にあちこち物色してみたところ、埼玉県の国鉄浦和駅から三キロばかり郊外に、私立の歯科医師学校跡の建物を見つけ、借用することができました。

移転を知って少年たちもだいぶ活気が出て、どうやら期待どおりの養成所の運営ができそうでした。少ない予算でしたが移転先の学校跡を改修し、一か月後には養成所の移転が完了しました。

しかし移転はしても、食糧は相変わらずイモ類の代用食で、それも遅配つづきでした。そこで、敷地内の空地を利用することを考えました。少年一人に十坪の土地を割り当て、余分に食べたい者は実習授業の合間に食べ物になるものを各自で耕作することを、主事の一太郎から提案してみたのです。

これには二十五名全員が申し込んできました。少年たちにとっては、どれほど収穫があるかより、自力で食べ物をつくるという励みが生まれたようです。

そして、配給米や代用食のイモ類などの主食は、少年たち自身が交代で管理するルールにして、副食類はヤミ値で集め、それを主事が保管して食事に充当することで、本社の承諾を得ることができました。

主食の管理を少年たちにまかせていたところ、三年生の食糧配分に不正があったという一年生の総代からの訴えがありました。その時は、主事が年長の生徒に注意を与え、それからは食糧の配分には主事が立ち会うことに決めたこともありました。

寄宿生の集団生活には、多感な中学生や高校生の年頃だけに多岐にわたる問題がありますが、このむずかしい仕事を一太郎は数年つづけることになりました。

GHQの支配

戦争が終わり、マッカーサー総司令官が日本に到着してひと月ほどたった十月のはじめに、東京日比谷の第一生命ビルを接収してGHQ（連合国軍総司令部）が開設されました。そして、そのGHQから日本政府に指示を出す、占領軍の間接統治がはじまったのです。終戦処理をした東久邇内閣が総辞職し、代わって幣原《しではら》内閣が発足しました。幣原首相がGHQにマッカーサー総司令官を表敬訪問したところ、その場で憲法の民主主義化を促されると共に五つの改革を行うよう指令されました。それは、

男女同権（婦人参政権の制定）
労働組合の結成奨励（労働組合法の制定）
教育の自由主義化（教育制度の改革）
軍国政治からの解放（政治犯の釈放）
経済の民主化（四大財閥の解体）

の五大改革でした。

特に、戦争を支えた財閥の解体は直ちに行うよう指示され、三井・三菱・安田・住友などの大財閥は解体されました。

また、戦時中の治安維持法の廃止も命じられ、これによって規制されていた報道や言論は、GHQの命令によって解除されて報道は自由化され、信教の自由も保障されました。

特高警察も廃止されて投獄されていた革新的な政治家や思想家が釈放され、GHQが労働組合の結成を推奨していたこともあって、労働組合運動が活発になりました。

一方、国外で敗戦を迎えた日本人は、兵士が三百五十万人あまり、民間人は三百万人以上が残されていました。

連合国軍によって武装解除された兵士たちは、ポツダム宣言の降伏条項にもとづいて、民間人の引き揚げより先に急きょ復員させることになりました。

国内では、敗戦で旧陸軍省と旧海軍省が第一、第二復員省となって、復員兵を受け入れる窓口になりました。しかし、敗戦時に旧軍部では兵籍簿や軍関係の公文書を大量に焼却していて、国内の対応がむずかしかったようです。

そこで、政府は戦時中に徴兵の実務をしていた都道府県に復員後の仕事を委任しました。東京都では、この業務が回されてきたため急に人手が不足していました。

ちょうどその頃、一太郎の娘のヒロ子とヤス子は保母の働き口がないか東京都の窓口に出向いたのです。その窓口で保母の募集はないが復員世話部が臨時職員を募集していると聞き、二人はその場で応募し職を得ました。

戦時中に高等女学校をくり上げ卒業した三女のトヨ子は、十九才になって運よく港区の有栖川公園近くにあった連合国の中華民国代表部に勤め口が見つかりました。

こうして、一太郎の娘三人は家計を助けて働くようになったのです。

長男アキラが通っていた師範学校の付属国民学校では、戦争が終わって生徒が疎開から帰ってきました。二学期になると突然自由主義教育がはじまり、男女別々だったクラスを入れ替えて男女共学になりました。

戦時中はきびしい存在だった先生は、表情も和らぎ近づきやすくなりました。しかし、戦前の師範学校で皇国史観や修身の指導法を学んだ先生たちにとって、何をどう教えるか新しい教育の目標は定まらなかったようです。

しばらくの間は、ＧＨＱと文部省の指示どおりに、教科書の戦争や兵士の絵や文章を生徒に黒ぬりさせる授業がつづきました。ようやく新しく編纂されたザラ紙の教科書が配られたのは、終戦の翌年からでした。

それに先だって、二月にＧＨＱの教育使節団の調査がありました。この調査によって大規模な教育制度改革が行われました。戦前には義務教育が終わったあとに、いろいろな種類の中等教育学校があった複線型の学校制度は廃止されました。そして、小学校六年、中学校三年、高校三年の六・三・三制の単一な学校制度となり、小学校までだった義務教育は小学校六年と中学校三年の九年間とされました。

いろいろな制度改革が行われても、世の中の食糧や物資の不足とインフレは収まらず、貨幣価値はますます下がっていました。

終戦から半年たった昭和二十一年二月、幣原内閣は「金融緊急措置令」という法令を出しました。戦前と戦後の物価変動によるインフレーションを、新しい円紙幣の発行によって切りぬけようとしたものです。

庶民のなけなしの預貯金は突然封鎖され、旧円を新円に交換する額が五百円までと制限されたのです。円価を切り上げ、お金を減らして物価上昇の抑制をしようとするいささか乱暴な政策でした。庶民にとって命のつなぎに残したわずかな貯えは、価値が下がり使えなくなる結果となったのです。

そのうえ、戦時中に国民に大量に買わせた国債の価値が、この新円切り替えで二百分の一になりました。戦費を賄うお国のためと言われ、給与代わりに渡されていた戦時国債がただ同然になったのです。子どもの教育資金にと貯えていた一太郎の戦時国債の束もハナ紙にも使えず、せいぜい七輪の火付け紙となって灰になりました。

しかし、一々政府のやることに腹を立て世の流れに棹をさしていては、軍国の戦時中もGHQ支配の敗戦後も庶民は生きられません。一太郎にしても、きびしい世の中に何とか隙間を見つけて家族の命をつないでいくしかありませんでした。

一方で、終戦後の食糧や物資の不足、それによるインフレの困窮などは、連合国の占領政策にも原因がありました。

幣原内閣は、占領にかかる費用を日本政府が負担するよう、GHQから命じられていたのです。その費用には、占領軍の輸送・通信、兵舎や宿舎などの施設とその維持費、連合国軍将兵の生活に必要な物資の調達、そのために働く日本人労働者の人件費などが含まれました。その総額は国家予算の約三十%に達するものでした。

これによって生じた日本国内の経済的な困窮は日本政府の責任とされ、その負担は日本国民が負うべきものとされていたのです。

政府は食糧を戦前のように輸入に頼りたいと考えましたが、船舶はすべて連合国の管理下におかれ、GHQが認めなければ一切の輸出入は禁止されていました。

一段ときびしくなった食糧不足で、約二十五万人の群衆が皇居前に集まり「食糧メーデー」と呼ばれる大きなデモとなりました。しかし、マッカーサー元帥は強権をもって、この民衆行動を「暴民デモ」として禁止声明を出しました。

そのほかにも、たくさんの指示や命令がGHQから次から次に出され、戦争に敗れて他国に統治されていることを実感させられました。

これらのGHQの命令に、日本政府は一言の注文をつけることも、対応を怠ることも許されませんでした。

さらにGHQは、ポツダム宣言の条件である国民主権の新憲法を日本に成立させる必要に迫られていました。実は連合国の極東委員会では、天皇制を廃止して日本を共和制にするという意見がソ連を中心に出る懸念があったようです。

これに対してＧＨＱの民生部は、天皇制を完全に廃止すると日本の占領統治はむずかしいと判断していたので、象徴天皇と国民主権の憲法案をまとめるよう日本政府に急がせました。幣原内閣とＧＨＱ民生部との間で、新憲法案は数か月に及ぶやりとりがあって、ようやく国会で審議入りすることになったのです。

一方、戦後初の総選挙が四月に行われることになり、ＧＨＱはこの総選挙を新憲法案の国民投票と位置づけようとしました。これは明治憲法下で行われた最後の選挙でしたが、この時の国民の関心は憲法より食べ物の欠乏にあったのが実状でした。

選挙の結果は自由党が第一党となったため幣原内閣は総辞職しました。自由党の鳩山一郎総裁が組閣にとりかかったのですが、この時になってＧＨＱから戦時中の要人に対して公職追放令が出され、鳩山一郎は国会議員からはずされました。

次の首相選びは難航し、総選挙からひと月もたってしまいＧＨＱからも督促されました。結局、前内閣の外相でＧＨＱとの交渉も多かった吉田茂が周囲から推され、本人は固辞しましたが説得され、第一次吉田内閣が五月に発足しました。

この内閣は、ＧＨＱの間接統治がはじまってから成立した最初の政府となります。新憲法や農地改革などむずかしい問題をかかえて、きびしい政権運営を迫られていました。それでも、ＧＨＱとの粘り強い交渉は、一太郎のような庶民からも頼もしく見えました。

吉田内閣になって半年、国会の審議入りをしていた国民主権、象徴天皇と戦争放棄を唱った「日本国憲法」が国会審議を終えて、ようやく十一月に公布されました。そして、翌昭和二十二（一九四七）年五月三日に施行され、この日は憲法記念日として国民の祝日となりました。

この新憲法の下で、はじめての衆・参両院議員の総選挙が行われました。結果は、日本社会党が第一党となって社会党委員長の片山哲が組閣しました。この内閣で新憲法による民法や刑法の改正や、公僕としての国家公務員法などが制定されました。

また、国会で国家地方警察と全国約千六百の自治体警察を組みあわせた米国式の新しい警察制度（旧警察法）の組織が創設されました。この制度改正の前年、警察官は腰にサーベルに代わって警棒と拳銃を身につけるアメリカ式になっていました。

片山内閣は十か月足らずで退陣し、日本の民主化を進めるＧＨＱ民政局の支持で芦田内閣が成立しました。しかし、この内閣は昭和電工事件という贈収賄の政治スキャンダルに巻込まれ、六か月あまりで崩壊しました。結局、革新派の日本社会党内閣は一年五か月で終わりました。

後継内閣は、ＧＨＱ民政局の思惑に反して、マッカーサー元帥の支持があった吉田茂が組閣し第二次吉田内閣が誕生しました。

こうした先の見えない連合国軍の間接統治の下で、未だ国の変革も国民の将来も見定めることがむずかしい状態でした。民主々義の国になっても、空襲の焼け跡に手製のバラック小屋が点在する風景は相変わらずでした。

それに衛生状態も悪かったため、日本中で蚤《ノミ》やシラミが大発生し、医療や医薬品の不足で伝染病の流行が心配されました。そのため、ＧＨＱから支給されるＤＤＴという殺虫剤を自治体の職員が住民の身体に散布して回りました。

隣組や小学校などで、頭からＤＤＴの白い粉を吹きかけられる集団が至るところで見られました。この殺虫剤は、二十年も後になって人体に有害だったことが判りましたが、当時は何も知らずに散布を受けていたのです。

食糧の不足は相変わらずで、庶民はそれぞれ自給のために畑をつくって飢えをしのぐような有様でした。一太郎の家族も自宅の庭を畑にして、夏にはトマトやカボチャ、冬には葉野菜をわずかながら収穫しました。

さらに、前の砂利道を掘り返し、道幅の半分を耕してトウモロコシやサツマイモを植えて食べものの足しにしていました。戦災の焼け跡には自動車や自転車などの姿はほとんど消えたので、道路が掘り返されてもあまり支障はなかったのです。

主食の配給は途絶えていて、時おり米軍の放出物資やララ物資と呼ばれる救援物資が、隣組を通じて配られました。ララ物資は日系アメリカ人が中心となって資金や物資を集め、戦後の日本に救援物資として昭和二十一年から約六年間、食糧、衣料、医薬品など約四百億円分が提供されたと言われます。

しかし、占領されていた間の日本は、海外との貿易や渡航を禁じられ、寄付を含む輸入もすべてGHQが統括していました。そのため、物資配付の際にはGHQの意向で国外の日系人の関与については秘匿され、すべて「アメリカからの援助物資」として配付されていたのです。

もっとも、隣組でそれらがくじ引きで分配される段階では、マーガリンや砂糖、紅茶、チョコレートなどの菓子類、衣類や生活用品などで、主食となるお米や小麦粉などはありませんでした。

救援物資には小学校に支給される粉ミルクがあり、各学校で昼食時に湯で溶いたミルクが給食され、栄養不良の子どもたちの命をつないでくれました。世の中がいくぶん良くなってからは、小学校では粉ミルクに加えてコッペパンが配られるようになりましたが、これが戦後の学校給食の起源となったようです。

一方、ＧＨＱからつぎつぎと出される民主化政策には、軍国主義思想の復活を防止する名目で、武道や歌舞伎などの伝統文化を排除する施策もありました。こうした占領政策に不満が噴き出さないよう、若者たちに豊かで自由なアメリカに希望と憧れをもたせ、娯楽やスポーツを奨励する施策も合わせて行われました。

例えば、支援物資で紅茶やお菓子、生活用品などを配って豊かなアメリカの生活文化を垣間見せ《かいまみ》、米軍の兵士を追う子どもたちにチョコレートを投げ与えて心優しいアメリカ人を印象づけたのです。娯楽のない日本の若者たちにアメリカの映画、音楽や社交ダンスを広め、戦時中は禁止されていたレヴューやストリップティーズなど大衆芸能やプロスポーツの復活を容認しました。

一太郎の娘たちも、そのようなＧＨＱが押し進める新しい社会文化のなかで働いていました。ヤス子は都庁の勤め帰りにダンス教室に通いはじめ、トヨ子は勤めている中華民国の在日公館でパーティがあるということで、二人は自宅の八畳間で手回しの蓄音機にジャズレコードをかけてダンスの練習をはじめました。

ヤス子の帰りが夜遅くなったある日、一太郎は心配して夕食もノドを通らず娘の帰りを待ちました。皆がもう寝ようとする頃になって帰ってきた娘に、父親は玄関で思わず手をあげました。

「何よ、ワタシたちも働いているのに、親だからって偉そうにして！」

この口答えに怒った父親は、

「もう帰って来んでもいい、出ていけ！」

と。

こう怒鳴られたヤス子ですが、この家の外にいく場所はなく、強引に父親を押しのけて自分の部屋に逃げ込みました。一太郎にしても自分の非力に触れられると、それ以上は娘を追えず、門を閉めに外に出て気をしずめるのでした。

実はヤス子の通うダンス教室で今夜はパーティがあって、それを出勤前に言い忘れていたので、玄関に入る前にどう言い訳をしようか考えていたのです。それが突然、平手が飛んで来てつい口をついた自分のもの言いに恥じて父親から逃げたのです。

世の中で流行るジャズと社交ダンスは、戦前の良妻賢母教育で育まれた娘たちさえ夢中にさせていました。近所の元海軍主計少尉の家では、娘たちが社交ダンスに熱中し、庭先にバラック造りのダンスの練習小屋を建てました。静かな住宅地に夜な夜なアメリカのレコードと安普請の床を踏む大きな足音を響かせていました。

そして戦後二年もすると、焼け跡に再建された多くの映画館で、アメリカ映画が盛んに上映されました。

このようにして豊かで自由な社会文化が日本中に喧伝され「アメリカは素晴らしい」という憧れとなりました。目標を失って貧困と飢えの不安のなかにいた若者たちは、こうしたアメリカ文化と自由を信奉する戦後派の人々、アプレ・ゲールとなっていきました。

明治生まれの一太郎夫婦や旧制の女学校で教育された三人の娘たちは、近代日本帝国が繁栄した時をすごしていました。そのためか、アメリカ文化に染まりながらも、外国映画のように夫が妻の家事を手伝い、人前でも睦み合う家族には成りようもありませんでした。理解はできても自分たちとは異質だと感じていました。

しかし、長男のアキラにとって日本帝国の繁栄は生まれる前のことでした。終戦直後の飢餓のなかで救援物資のチョコレートをはじめて味わい、アメリカは素晴らしい国だと脳裏に刷り込まれたようです。男女同権などは、戦後の自由主義教育で小学校の頃から当たり前のこととして成長しました。

そして成人した頃、ちょうど日本の高度成長がはじまって「憧れのアメリカの生活」を目前にしました。六・三・三制の新学制で青春がはじまった彼らこそ、ＧＨＱの一大政策だった「日本の民主主義化」を全身で体現した世代だったのです。

指紋に偏して

一太郎は、建設会社の大工見習養成所の少年たちとすごして二年半ほどすぎましたが、まだ建設業界は戦後の開店休業がつづいていました。そうした時に、社内の人事異動があり、一太郎は社内のほかの職場に異動することになりました。

新しい勤務先は、深川新大橋の近くにある本社の建築資材の管理事務所でした。そこには七名の社員と十名の作業員が働いていて、突然その管理責任者ということになって少し驚きました。

聞くところによると、前任の者が不正を働き解雇されたということでした。この当時は建築資材が極端に不足していて、その資材の横流しをしてヤミ値で取引することが横行していたのです。この倉庫でも、前任者が会社の資材の横流しをして横領していたことが見つかったということでした。

建設業界はこのような状態なので、社員の給与も一か月や二か月の遅れが当たり前になっていました。子どもたちや家庭のことを考えると、このままでは生活にも影響が大きく先の見通しが定まりません。

娘たちは、ヒロ子とヤス子が東京都の職員となって働いていました。トヨ子は働いていた台湾政府の代表部が、昭和二十四年に中国で人民共和国が建国したため閉鎖されました。その後、横浜の連合軍ＰＸの事務で働くことになったトヨ子は、勤め先で英語を少し覚え、働きながら慶応の英語学校に通って、英文タイピストの資格をとりました。娘たちは何とか自活はできそうですが、同年代の男性たちが戦争で減ってしまい良縁がないのが親としては心残りでした。

一太郎自身は五十二才という年令もあって、遅配つづきの建設会社から収入の安定した職に替わりたいと考えていました。これまでも何度か同じような不景気に、転職をして乗りこえてきた経験はありました。しかし、この時期ばかりは占領下でもあり、自身の年齢からもむずかしい節目でした。

あれこれ考えた末に、これまで手がけてきた仕事のなかでは、若い頃から会得した指紋の技術が自分にいちばん合っていると思い至りました。何とか、それを活かした仕事に復帰することができればと、旧警視庁や満州の指紋管理局でいっしょに働いていた友人たちに相談してみようと思い立ちました。

　高尾金作と万善要治という二人の友人の勤め先が、新しい警察制度の国家地方警察本部というところだと、その年の年賀状で知りました。

　一人で思い悩んでいるよりはと、思いきって彼らの勤め先を訪ねてみたところ、

「昔の鑑識課の若い人たちは戦争に出たまま帰って来ないし、この四、五年は補充もなかったので、戦後はずっと鑑識専門の人材不足で困っていたところです」

と、一太郎の気使いとは逆に「よく来てくれた」と二人は喜んで迎えてくれました。

「それで、今の鑑識はどういう組織になっているのですか」

「少し話が長くなるけど、前の内務省や警視庁はなくなって、一昨年の九月にＧＨＱ民政局からの指示で、片山内閣が新しく国家地方警察と全国に約千六百の自治体警察を組みあわせたアメリカ式の新しい警察組織になったのだよ」

「それは新聞で見ました」

「つまり、その自治体警察と国家警察の二本だてを統括する国の組織として、この国家地方警察本部をつくったわけだ」

「それで、ここでの仕事は具体的にどういったことですか」

「一言でいえば、今ここでは全国の警察組織で共通する犯罪捜査方式のうちの鑑識機構を統一する仕事をはじめていて、指紋について企画できる人材がいなくて探していたところで、ちょうど良かったよ」

「ワタシがここで働くには、どうすれば……」

「前と同じ指紋の仕事に復帰してくれないか。履歴書を出してくれれば、あとは私たちで手続きは手伝うから」

と勧められました。

「では、今勤めている会社に退職の相談をするので……」

と、その日は警察本部の庁舎を後にしました。

翌朝、一太郎は島藤建設に出社して、自分の事情と転職したい意向を話したところ、会社の経営状態をよく知っている茂手木取締役はすぐに了解し、社長の承諾も得て退社の手続きを事務に指示してくれました。

島藤建設を円満に退社し、改めて出向いた警察本部では友人たちが手助けしてくれて、その日のうちに国家地方警察本部技官の任用が内定しました。そして、数日後の七月一日付けで、同本部の刑事局鑑識課勤務の辞令を受けました。

配属されたのは新しい指紋機構を創設するための係で、全国の指紋原票を保管するための資料の保存と配列、氏名索引の原本づくりをする仕事でした。

一太郎は、その仕事に従事する職員二十名の班をまかされたので、班員それぞれが担当できる技能分野によって作業全体の編成をしました。そして、指紋資料の検査法を指導することからはじめ、それぞれに担当する分野の作業に入ってもらいました。

この仕事は予定通り円滑に進められました。そして、翌昭和二十五（一九五〇）年春には、新しい指紋捜査の統一機構を創設することができました。

ところが、指紋機構の仕事が一段落した年の六月二十五日、朝鮮半島で戦争が勃発しました。

朝鮮半島一帯は、終戦までの三十五年間を日本帝国が統治していました。日本の敗戦後は自由独立の国として、連合国のうち米国・英国・中国・ソ連の四か国で信託統治することが決まりました。

しかし、米国は満洲に侵攻したソ連軍に朝鮮半島全体を占領されることを怖れて、北緯三十八度線を境に北をソ連軍、南を米軍が統治することになりました。

それから三年して南に大韓民国（韓国）が、つづいて北の朝鮮民主主義人民共和国（北朝鮮）がそれぞれ建国されました。南北の軍事バランスは、中ソの支援を受けていた北朝鮮が優勢でした。北の金日成主席は朝鮮半島の武力統一を目指して、国境の三十八度線をこえて南に侵攻したのです。これが今度の朝鮮戦争のはじまりでした。

戦力にまさる北朝鮮軍がまたたく間に兵力を進め、二日後には韓国の首都ソウルが陥落しました。韓国政府は南岸のプサンにまで撤退したことが、日本でもニュースとなって報じられました。

国連の安全保障理事会は、ソ連が欠席したまま北朝鮮に対して非難決議をし、国連軍が韓国を支援することになりました。マッカーサー元帥が国連軍総司令官として、ＧＨＱのある東京から戦場の指揮をとることになりました。

この時からＧＨＱの占領政策は、日本を民主主義国にすることより反共産主義国にすることに力を入れるように変わりました。八月には警察予備隊（後の自衛隊）を発足させました。そしてにわかに、戦時中に活躍し公職追放されていた人々の追放を解除しました。新聞各紙はこれらの政策変更を、それまでの民主化政策の「逆コース」として報じました。

その朝鮮戦争がはじまった頃、一太郎に広島警察管区本部の刑事部鑑識課長補佐に昇格する辞令が出て、広島に赴任することになりました。一太郎を鑑識課に呼び戻した友人たちが、全国六管区のいずれかの警察管区本部に栄転させようと働きかけていたようです。

辞令が出てから三日後に広島管区本部に着任しましたが、そこには管区内の山陽・山陰・四国の九つの各県に鑑識課を創設する仕事が待っていました。

鑑識課をつくるといっても、それには種類の異なる山ほどの仕事があります。例えば、鑑識業務を行うには新たにその施設を増改築することが必要となり、そこに新しい鑑定機器と設備をそろえなければなりません。

また、それらの施設工事や機器購入のための予算要求案などをつくる仕事があり、それに担当がそれぞれ異なる相手と交渉をしてまとめることが必要になります。さらに、導入した新しい機器の整備や利用の方法も教えなければなりません。

そして、現行のやり方を新しい制度にスムーズに替えていくために、月に何回も地域内の九県の警察本部に出張することにもなりました。

また、新しくできた鑑識課を運営していくための人材育成の仕事があります。それは、管区内九県の警察本部から警部級の人々に広島管区警察学校に集まってもらい、一週間合宿して行う研修指導です。犯罪現場で部下の指導をする鑑識能力を高めてもらうため、法医学の一部と新しい指紋鑑識について指導し、指紋の採証から鑑定までの実務教育と訓練を行う仕事でした。

このように忙しい勤務をこなす一方で、一太郎は「広島管区内の現場指紋手配要項」という指紋捜査の新しい方法を徹夜しながらまとめていました。

それは、現場で採取された指紋一つ、あるいは過去の未解決事件で犯罪現場に残された指紋一つからでも犯罪指紋の手配ができる方法です。またこの方法で、捜査官に積極的に被疑者の発見に意欲をもってもらえるようにと、一太郎が日頃考えていたものでした。

具体的には、これまでの基準であった十指指紋法によって左右十指の指紋で鑑別して蓄積されていたデータを、指紋の隆線を手がかりにする一指指紋法で、一指ごとに分類整理し直してデータ管理する方法です。

この方法によれば、事業所の金庫破りや駅の置き引きなど、複数の都道府県や全国的にまたがる旅行型犯罪でも、同一犯人の遺留指紋が一つでもあれば早期に割り出して検挙する可能性があります。このように科学的捜査に直接応用できる指紋分類法をまとめたものでした。

この「現場指紋手配要項」は、翌年十月から広島管区内九県で実施されました。その結果、昭和二十七年一月から半年の間に、指紋の対照だけで二〇八件の被疑者が発見できました。そして、割り出した犯人の余罪指紋も四六五個発見するという実績をあげることができました。

長年の指紋の仕事から、一太郎は現場に合わせたこの方法を独自に考え出したのです。当時この一指指紋分類法を実務に応用したのは、日本中で広島管区警察本部の管内が最初でした。現在では当たり前に使われている一指指紋分類法が一般化したのは、この広島管区の制度より二年ほど後のことでした。

単身赴任した一太郎は官舎で自炊生活をしていましたが、その官舎は比治山の東にあった旧陸軍兵器廠の広大な跡地にあって、その敷地内には原爆で罹災し移転した広島県庁や、広島管区警察本部などの官庁が集まっていました。そのため官舎からは毎日歩いて出勤していました。

毎年夏休みの時期になると、妻の美寿が中学生になった長男のアキラを連れて東京から訪れました。当時は、東京駅を昼頃出る汽車に乗り、ひと晩かけて広島駅に着くのは翌日の早朝でした。そこから宇品線に乗り換えて官舎につく頃には、二人とも蒸気機関車の煙で煤けた顔になっているほどの長旅でした。

海沿いの夕凪でひときわ暑い広島市の夏の半月ばかりを、親子三人で生活することが二度ほどありました。安芸の宮島を訪れて厳島神社の境内で鹿に餌をやって遊び、紅葉《もみじ》の下で昼寝をして休日をすごしたことも一度だけありました。

しかし普段は、せっかく家族が来ていても一太郎は仕事が忙しく、週末に半日くらい広島市内をいっしょに歩くだけでした。当時は市街に出かけても、戦災復興に手がつけられたばかりで、ひと休みできるようなお店もない頃でした。

広島県産業奨励館（原爆ドーム）の焼け跡や、人の影が焼き付いた石の階段などの生々しい原爆被害が歩く先々に残っていて、それら被爆のツメ跡にも手を触れることができるような状態でした。原爆の高熱で熔けた瓦の小片を、原爆ドームが描かれた小さな木箱に入れて土産物として売っていました。当時は、現在ほど放射能の恐ろしさがあまり認識されていなかったのです。

そうした夏休みの時期以外は、課長補佐としての仕事をこまめに行うことで一か月のうち半分は、山陰・山陽地方や四国などへの出張がありました。出張先では管区内の各県警本部に新しい鑑識課の施設をつくる助言をし、鑑識実務の講習会で指導を行いました。

几帳面な一太郎は、どうしても出張先で仕事量が多くなり、宿舎に帰るのが深夜になることも再三でした。睡眠不足の回復のために、移動中の列車内で寝ることが習慣になっていました。


一太郎が広島で忙しい日々を送っていた間に、朝鮮戦争は開戦してわずか二か月足らずで、北朝鮮軍は半島南端のプサン付近まで迫っていました。本国から派遣された米軍もプサンに投入されて背水の陣でした。そのような戦況のなかで、マッカーサー司令官は九月中旬に七万の兵力で、ソウル近郊の仁川に上陸作戦を成功させました。

これで国連軍と韓国軍は息を吹きかえし、韓国政府も九月末にプサンからソウルに戻りました。

十月には米海軍から要請されて、日本の海上保安庁の掃海艇も機雷の除去に向かいましたが、このことは国民にはあまり知らされませんでした。同じ頃に空中では米軍のF８６とソ連のMiG１５の空中戦があり、中国軍の志願部隊が参戦したと報じられ、朝鮮戦争は東西冷戦の縮図となっていました。

戦線は三十八度線をはさんで一進一退の状態で年が明け、昭和二十六年の冬の間は戦線がこう着状態となりました。

一方、戦争が拡大するにつれて横浜市に連合軍の兵站司令部がおかれ、軍服や毛布などの繊維製品や鋼管、鋼材、コンクリート資材など大量の軍需物資を日本で調達することになりました。しかし、日本各地の都市も大工場や港も戦災の跡がそのままで、米軍は中小企業に直接発注することになりました。

それに応える人材と技量が残っていた小さな工場で受注が急速に広がり、中小企業は戦後の不況から立ち直り息を吹き返したのです。やがて軍需物資の発注が増えてくると、旧財閥の産業も復活して生産をはじめました。

ところが、日本の生産技術は、戦前戦中も含めて米国や英国からだいぶ遅れていたのです。そこで米軍からは、工具や治具、大量生産、製品管理の技術まで提供されることになりました。この時代の米国からの技術提供で、その後の日本製品のレベルは飛躍的に向上し、大量生産の技術は日本の高度成長につながったと言われます。

そして、この戦争の三年間に在韓・在日の米軍、国連軍から発注された物資、それに国外の関係機関からの間接需要まで含めると、一兆円以上とも言われました。それは当時の日本の国家予算に匹敵します。皮肉にも他国の戦争特需によって、糸ヘン、金ヘンなどと呼ばれた好景気で、不足していた物資や食品も出回るようになり、日本の経済再建のきっかけとなりました。

しかし一方、返還前の沖縄で米軍の工事を請け負った島藤建設のように、工事が止まって支払いが滞り破産してしまった企業の例も数多くありました。戦争特需の景気で国民みんなの生活が向上したわけではなく、一太郎など公務員の安月給が世間並みになるのは、それから十年も後のことでした。

しかし、昭和二十六（一九五一）年の春になると、マッカーサー総司令官が大統領の意に反して北への空爆や侵攻を進めようとしました。世界大戦になることを怖れたトルーマン大統領は、マッカーサー元帥を総司令官から解任しました。

同じ年の九月、サンフランシスコで連合国と日本の間で平和条約が調印され、同時に日本とアメリカの間で日米安全保障条約が結ばれました。

翌年四月にこの平和条約が発効し、連合国軍による日本の間接統治が終わり、日本の主権が回復しました。日本国民はようやくＧＨＱの支配から解放されたのです。

一方、アメリカ合衆国の大統領がアイゼンハワーに代わった昭和二十八（一九五三）年に、ソ連ではスターリンが死去しました。

朝鮮半島では南北の勢力がほぼ開戦前と同じような範囲に戻っていました。三年つづいた戦争は、三十八度線に近い板門店で、七月に休戦協定が結ばれました。そして、日本の国内もいくらか落ち着きをとり戻しました。


一太郎が広島に転勤して三年あまりで、広島管区の新しい鑑識機構も整備されました。そして、朝鮮戦争が休戦になってから二か月後、一太郎は東京に戻ることになりました。受けとった辞令は「国家地方警察本部東京管区警察学校の教官に任ず」というもので、目黒の自宅から通勤できるようになりました。

新しい勤務先は東京の小平市にあって、中央線の国分寺で西武多摩湖線に乗り換えることになります。その国分寺には祖母おツタの娘で、秋池家に嫁いだおイチ叔母さんが住んでいました。秋池の家が人形町にあった頃、一太郎は居候をしてこの叔母夫婦に世話になっていました。

国分寺駅の近くに、大きな樹木で囲まれ池のある奥深い庭に包まれた旧財閥の岩崎家の別荘地があります。その広大な庭の一隅にある庭番の別棟を借りて、秋池の一家が移り住んでいたのです。その頃、一太郎の親族で存命だったのはこのおイチ叔母さんだけでした。

時間に余裕があれば、一太郎は小平からの帰りに叔母を訪ねました。すでに年老いて足が不自由になり椅子に座ったままのおイチに、八百屋を閉めて隠居した夫がつききりで面倒を見ていました。戦後の混乱を一家で乗りこえて、娘と息子二人が勤め人になって五人家族を支えていたのです。

一太郎の家族にとって親戚と呼べるのは秋池の家だけでしたから、しばらくの間は美寿も子どもを連れて秋池の家族を訪ねたり、秋池の息子たちが一太郎の家に来たりしていました。

一太郎が小平に通勤をはじめた翌年に、新しい警察法が国会での大混乱の末に成立し、日本の警察機構は大きく変わりました。戦後二年目にはじまった日本の旧警察法の制度では、自治体警察と国家警察の二本立てでした。ところが、市町村など自治体では財政負担が大きくなって自治体警察の返上がつづき、制度の改正を余儀なくされていたのです。

それまでの国家地方警察本部は、新しい制度では政府省庁の警察庁となりました。全国それぞれの自治体にあった警察は各都道府県警察本部（東京は警視庁）によって統括するようになりました。それぞれの各自治体で運営していた警察はなくなり、警察組織は一本化されたということです。

これまでの国家地方警察本部の東京管区は、警察庁の関東管区となりました。このため学校名も関東管区警察学校となり、この制度改革で一太郎は鑑識専科の教授となって、指紋の分野で後進の育成にあたることになりました。

広島に出向していた間は職務が忙しく、指紋技術について研究する暇もなかったので、研究教育の任務となって専門を深められることに一太郎は満足でした。

学校の任務は、管区内の中堅幹部警察官の能力向上が目的でした。教えることは自ら学ぶことが大切だと考え、一太郎は前任者の立てたカリキュラムを一旦白紙に戻しました。そして、自らの経験をもとに専門を深めることに努め、それを次世代に伝えて指紋技術の発展に結びつけるという目標をもちました。一太郎は長い刑事鑑識の経験から次のような考え方をしていました。

「鑑識とは、当該事件の公訴を維持するための物証を発見すること、そしてそれを把握し保全して犯罪の実行を裏づけることである。したがって、その資料を犯罪現場で採証することができる能力を身につけなければならない。

そのためには当面する物と質の特徴を幅広く知ること、それに加えて経験を重ねることが重要である。犯罪現場に臨場した者は、その現場を隈《くま》なく観察し、少なくとも現場との結びつきに疑問が生じた場合は、納得ゆくまで解明することが重要である。その際に、犯罪を隠蔽するための偽装が現場にあることにも気をつける必要がある。

犯罪の解明には指紋もその一つの分野だが、必要があれば法医学や理化学などの分析に、必ず各専門家の意見を聞くべきである」

と。

そして、犯罪現場の作業は多方面の内容を含むので、鑑識の教育においては、一度の講義で本当に役立つ理解まではむずかしいものです。だからこそ研修によって鑑識的な着眼点と証拠保全を企画し、実行する能力を身につけることが必要だと考えていました。

こうした考えを鑑識分野の教育にとり入れるため、警察庁で保管している全国で収集された犯罪現場の写真資料から、利用できるものを選んで複製しました。それらを系統立てて整理した基礎資料を基に、指紋捜査について順序だてた理解を自ら深めることからはじめました。

それらの基礎資料を手がかりに受講生に鑑識技術の共通理解をしてもらうには、視聴覚設備を用いることが効率的と考え、研究室二つと必要な設備を申請しました。これには、校長の承認と予算措置もされて、施設や機器の手配もされました。

研修のために入校してくる受講生は、関東甲信越地方と静岡県の十一都県からやってくる現職の警察官です。現場の鑑識主任や犯罪捜査主任として活躍している中堅幹部たちで、それぞれの配属部署で多くの実務経験を重ねています。この受講生たちは自らの能力向上を目指して入校し、家族から離れて寄宿生活をして学習するので、教える一太郎も真剣勝負だったのです。

教室の講義では視聴覚機材を利用し、整理した写真資料を使って理解を深めてもらいました。また新しい研究室では、受講生と共に指紋・掌紋・足跡などの検出研究をもとにした実習・実験を行って、受講生自らの捜査能力を向上させるよう努めてもらいました。

また、現場の鑑識資料の収集方法を会得してもらい、鑑別の原理と原則をしっかり身につけるため、受講生には自ら薬物を使って実習してもらいました。そして、もし疑問があれば、受講生の目の前で実験をして見せて納得してもらいました。

受講生との合同研究は、新しい発見を目指して実際の資料と視聴覚教材を用いて質疑応答をしながら進め、可能なかぎり実験を大切に双方が納得するまで熱中して行いました。

こうした学習方法を通して在勤七年四か月の間に、一級鑑識技能検定に合格した優秀な有資格者を二百二十三名も出身各都県に送り出しました。そして、昭和三十五年三月に一太郎は六十三才の満期定年を迎え、管区警察学校を退職して現役第一線から退きました。

一太郎はこの後も非常勤講師として教えたので、大正時代の末に警視庁鑑識課に入ってから戦前と戦後の通算で、三十年以上も指紋とすごした人生でした。

世代の交替

一太郎が警察学校に勤務してから三年目の昭和三十一年春に、長男が早稲田大学の建築科に進学しました。この息子の生まれるのが姉たちと同じように十年早ければ、予科練にでも入っていた歳ごろと思い、背に冷たいものを感じました。

予科練とは、戦時中に十四才から二十才ぐらいの若者たちがいた海軍飛行予科練習生のことです。卒業した練習生は下士官として航空隊の中核を占め、その多くは大戦末期に特攻隊員として敵艦に突入し、約九割が命を落としたと言われます。

その航空隊の数少ない生き残りの一人で、警察庁に勤務していた鹿児島県人で四十二才の植村シズハルと、三十二才になった次女ヤス子が結婚することになりました。

結婚と同時に二人は、保谷市で独り住まいをしていた佐野トメの夫婦養子となりました。その頃はヤス子も公立保育園の園長をしていて食事や家事まで手が回らず、シズハルが長く間借りをして世話になっていた佐野家に住むことで、養子になる相談がまとまったのだそうです。それでも、戦時中に高等女学校を卒業し戦後の男性が少ない時代をすごした娘の結婚に、一太郎は心から喜んだのでした。

長女のヒロ子は、終戦直後に東京都の復員世話部で働きはじめ、そのまま都職員をつづけていましたが良縁には恵まれませんでした。三十代も半ばの頃、通勤するのに近い方がよいといって世田谷区役所に転属しました。

そして、横浜の米軍ＰＸに勤めていた三女のトヨ子は、日本が連合国とサンフランシスコで平和条約を結んだ頃に、日本橋の貿易会社に勤めをかえていました。

長男のアキラは幸いに平和な時代に大学生になりましたが、学業以外にも大学の航空部に入ってグライダーに乗ると聞いて心配しました。しかし、同じ歳ごろに一太郎自身も当時めずらしかったオートバイに乗った頃のことを思い出し、「危ないからやめろ」とも言えませんでした。

しかし部活動がだいぶ気に入ったようで、夏休みや冬休みの合宿、連休や週末も飛行場通いと休むヒマもないようでした。それに、年の暮れには活動資金を捻出するためにと、その航空部が主催するダンスパーティや流行りのジャズ・コンサートを開くと言っては走り回り、疲れを知らないようでした。

遺す財産もない一太郎は、子どもたちには学歴を遺すことに努めてきました。しかし娘たちとちがって、戦後の自由主義で育った長男の奔放さには、同じ年頃で徴兵検査を受けた自分と比べ、時代が変わったとはいえ驚くばかりでした。

ちょうど一太郎が関東管区警察学校を定年退職したその年に、長男のアキラは大学を卒業しました。公務員になってくれればと思う親心に反して、長男はインテリア・デザインという新しい職種の会社員になりました。

世の中は高度経済成長がはじまって民間会社の給料は毎年倍増でしたが、好景気はいつ変わるか判からないものです。ちょうど、警察学校が人手不足で非常勤講師となるよう請われたこともあって、まだ長男の行方が気がかりな一太郎は、引きつづき教壇に立つことにしました。

一太郎が非常勤講師となって二年ほどした頃に、会社勤めの長男が結婚すると言いだしました。相手の娘さんは小樽で会社勤めをしている加野夫妻の長女でユウ子といい、アキラと同じ頃に音楽大学を卒業していました。二人は、結婚式を大学の記念会館であげることや仲人を大学の恩師に頼むことまで話しているようでした。

家族、特に母親と娘たちは、アキラはまだ結婚するには若すぎると言い立てました。しかし、一太郎は自分たちの結婚を考えると、縁があれば若いうちに所帯をもつのも良いと思いました。フルムーン旅行のついでに、妻の美寿を伴って小樽に加野夫妻を訪ねましたが、ユウ子の両親は二人の結婚に好意的なようでした。

世の中は高度経済成長に入って東京に人口が集中し住宅難がつづき、結婚するにしても二人は新居を探すのにずいぶん苦労していました。アキラから相談があった時に、一太郎は自分が若かった頃を思い、家族が皆で暮せるようにと目黒の自宅に六坪ばかりの別棟を、息子夫婦のために建て増すことにしました。そして、晩秋に早稲田の大隈会館で二人の挙式があり、一太郎は久しぶりに紋付、袴を身につけました。

翌年の夏に生まれた一太郎の孫は、七か月の未熟児でした。アキラから名前をつけてほしいと言われ、字画を調べて安の字を当てたヤスヒコと、和の字を当てたカズヒコの二つを考えました。息子夫婦はカズヒコを選び役所に届を出しました。

秋になってカズヒコが元気に退院し、この赤ん坊を中心に家中がにぎやかになりました。こうして一太郎の家族も八人となって世代の交替がはじまったのです。

次の年には東京でオリンピックが開かれることになりました。四半世紀以前にも開かれる予定でしたが戦争で中止になったので、日本初のオリンピックです。近くの駒沢公園がその会場の一部となるため、陸上競技場や体育館などの施設が建設されました。

東海道新幹線が開通し、東京はじめ全国に高速道路ができて、テレビジョンはカラー放送がはじまりました。新聞と路面電車が文明の賜物だった時代を生きてきた一太郎は、世の中全体が未来に向かって急速に変化する様子に目を見張るばかりでした。

オリンピックがはじまると、歩いて十分ほどの駒沢公園には万国旗が掲揚され、外国人も交えてたくさんの人々が往き来しました。オリンピックの放送には家族皆がテレビジョンの前に付ききりでした。

そして、東京オリンピックが終わった翌年、アキラはカナダの設計事務所に研修留学することになりました。暮れも押しつまった大晦日の三日前に、身重の妻と三才の子を連れて日本を発つことになりました。出発の夜は羽田空港で、一太郎にヤス子とトヨ子、それにアキラの友人たちが、寒い異国への旅で着膨れした三人を見送りました。

一太郎は、若い頃に満州に単身で転勤した経験から、北の国ではどんな家に暮らしているのか、孫は寒くないかなどと心配でしたが、ひと月ほどして最初の手紙が届きました。

それからは月に一度はカナダの生活や孫の様子を書き送ってくるようになり、五月には一太郎の孫娘ミワが誕生した知らせが届きました。

手紙といっしょに、二人の孫や近くのスタンレー自然公園、夏には夕食後にも泳ぐという近くの海などの、スライドフィルムや8ミリフィルムが送られてきました。

一太郎は8ミリの映写機を買い入れて、美寿とそれを観ながら楽しげな生活をいっしょにすごしている気分になりました。ほんの二十年前の戦争では遠い海の向こうにあったはずのアメリカ大陸を近くに感じて、平和はありがたいと思うのでした。

二年あまり後、若い一家はバンクーバーから横浜まで、キャンベラという大きな客船でハワイをまわって帰国しました。アキラはカナダから帰国して一年後、会社をやめて東北にある地方国立大学の教員になり赴任しました。秋には妻子も盛岡に引越し、長男一家は独立していきました。

一太郎は定年後も指紋鑑識の教育に約七年半奉仕しましたが、息子も教育公務員となったことでひと安心しました。その年の十二月、非常勤講師を含めて通算十五年あまり勤めた関東管区警察学校を七十一才で退きました。

一太郎は、親族が離散した十二才の年の暮れから独り歩きをはじめ、人生を日本の苦難の激動期と重ねてきました。その間、妻子を守り通すことに夢中で、この退職を機にようやく妻の美寿と気楽なご隠居さんとなって、一休みすることができる時がきたのです。

人生は古稀を迎えた辺りから毎日が同じくり返しになって、時はあっという間にすぎていくように感じます。それでも一太郎が七十八才となった年に、忘れられないことがありました。

昭和五十年四月、人生で長く携わってきた警察の指紋の勤めによって叙勲されることになったのです。天皇陛下を皇居に拝謁する晴れがましさに、明治生まれの身は心底感動し、日記に以下のように書き記しました。

「我が生涯で忘れられない事柄を記録しておきたい。四月二十九日、私の警察鑑識業務における功績を日本国天皇は嘉《よみ》せられ、勲六等に叙され瑞宝章を授与する旨、国家公安委員長から勲記の伝達を受けた。これをありがたく拝受し、同年五月二十二日に妻の美寿を同行し皇居に参内した。ご座所の春秋の間において天皇に拝謁し、叙勲の御礼を言上した。天皇からは私の業績に感謝するお言葉を賜り、茶菓、煙草等を下賜されるなど、光栄の至りであった。この事柄は我が家悠久の誉れである」

と。

一太郎は、息子の結婚式から袖を通していなかった紋付、袴を身につけました。美寿には感謝の気持ちを込めて新調した色留袖を着てもらい、そろって宮中に参内しました。その帰りには東條会館に寄って記念写真を撮りましたが、夫婦がそろって盛装した写真を撮るのは生まれてはじめてのことでした。

子どもたちはみな忙しそうで、叙勲の祝賀に集まる気配もないので、一太郎はこの記念写真を「我が家悠久の誉れとなるように」と子どもの数だけ焼き増し、それぞれに送ることにしました。

気楽な隠居となってから、わずかながら功も名も残したので、後は自分が皆に送られて一生を終わるのだと、それとなく一太郎は思いはじめていました。

ところがそれから二年後の春、ヒロ子が左脇腹に大きなしこりができたと訴え、虎ノ門病院で検査したところ、皮下の肉腫が原因と判りました。癌のような悪性ではないという担当医の診断で、自宅で療養することになりました。しかし、肉腫は切除手術がむずかしいほど大きくなり再入院しました。放射線や冷凍治療をしましたが、どれも効かずに次第に体力が衰えていくようでした。

そして、アキラが夏休みで上京しヤス子と見舞いに訪れていた時、ヒロ子の容態が急変し、母親の美寿とトヨ子も病院に駆けつけて間もなく、ヒロ子は息を引きとりました。母親と三人の妹弟は涙してヒロ子の名を呼び、しばらくはベッドの脇から離れませんでした。

看護婦の一人が「医長からお話があります」と告げ、年輩の医師から、今後の医療のためにご遺体を病理解剖し病の原因を調べさせてほしいという話です。妹弟たちはこれ以上痛い思いはさせたくないと言いましたが、母親はヒロ子が苦しんだ体内のこぶを除いて楽にしてやって、と医師に頼みました。

二時間ほどして先刻の医師が戻って、直接の死因は急性心不全だったこと、ソフトボールの球ほどの肉腫が体内にあって心臓を圧迫していたこと、それをすっかり取り除いて検査のために病院で保管したことなどを説明しました。

「娘は、もと通りになったのですね」

と母親が尋ね、

「娘さんはすっかりきれいになって、霊安室に移られましたのでご案内します」

と看護婦に促され、霊安室で安らかな寝顔のヒロ子に再会しました。そして、その夜のうちに病院から目黒の家まで家族といっしょに戻り、一太郎に迎えられました。

ヒロ子の死は、一太郎にとって半世紀前の祖母と父、二才だったトシ子の死と、三度つづいた不幸が昨日のことのよう思える四度目の悲しみでした。一太郎は、この悲しみを口には出しませんでしたが心底断腸の思いでした。ヒロ子がいつも側にいてくれた若い頃の写真を探し出し、額装して棺の上に置きました。

その哀しい出来事から六年後、半世紀住みなれた家を建て替えなければならないことになりました。話の発端は地主の家の相続問題でした。

一太郎の家が建っている百坪の土地の借地契約を解消して買いとるか、立ち退き料をもらって土地を引き渡すかという話でした。戦中戦後を共に生きてきたこの家には離れがたい執着がありました。話し合った結果、約五十年の居住権と交換に、借地の半分の土地所有権を一太郎に移転するという条件が示されました。

八月から三か月間、敷地の中央に建つ家屋をどうするか、また二分した土地のどちらを所有するかなど、地主側の不動産業者と再三にわたり協議がもたれました。

交渉の末、土地を二分して東西に分け、一太郎は東側の二方道路に面した四十六坪あまりの所有権を受けることになり、同年十月二十二日に契約書に押印しました。

半分になった土地に家を建て替えなければならないことは、交渉中から覚悟していました。建設費の工面は五十年前に比べれば何とかなるとしても、住宅の建設となれば、傘寿をこえた一太郎にとって体力勝負の大仕事と覚悟しなければなりません。

それに余命を考えれば、新築する家は子どもたちに使ってもらうことになるので、地主との交渉中から、新しい住居の設計は長男のアキラに相談していました。その設計が完了すると同時に、前の家を建てた小林棟梁の紹介で、安東工務店と建築契約を結びました。

年内に敷地の半分を地主に引き渡すため、住んでいる家を解体することになり、近くの2DKのアパートを借りて引っ越しました。家の解体がはじまって約一週間で敷地は更地となり、その半分を地主に返却し、一太郎への土地所有権の移転登記も完了しました。

十一月初めに氷川稲荷の神主に頼んで地鎮祭を行い、中旬には新しい家の上棟式が行われました。工事は順調にすすみ、三日と空けずに現場を見にいく一太郎の体力も何とか無事でした。新しい家は翌昭和五十七年一月下旬に無事竣工しました。新しい家は前の家の半分を二階に移したような間取りでした。

二月のはじめには一太郎と妻の美寿、三女のトヨ子の三人は仮住まいのアパートから引っ越すことができました。約半世紀見なれていた自慢の庭は、半分以下になりましたが、その保存登記が完了して、名実ともに一太郎自らの敷地と家屋になったのです。これで一太郎も生涯しなければならない事柄は全部完結したように思い、あとは夫婦二人の健康を保つばかりでした。

老年の大事業が終わってほっとしたせいか、夫婦とも足腰が弱くなって散歩に出ることも少なくなり、狭くなった庭の花木を二人で眺めて一日をすごすことが多くなりました。そして、昨日《きのう》と同じ今日《きょう》がくる幸せな毎日が、限りなくつづくように感じながら三年たちました。

それは、御巣鷹山の飛行機事故のあった夏のことでした。八月のよく晴れた暑い午後、美寿は風呂から上がったあと、居間の長椅子で横になっていた時に心筋梗塞をおこしました。救急車で近くの国立第二病院に運ばれ、何度かのＡＥＤの電気ショックで蘇生して命はとりとめました。見舞いにいった子どもたちが、意識が戻って入院していた美寿に心筋梗塞をおこした時の様子を尋ねたところ、

「お風呂から上がって長椅子に横になって、いい気持ちでうとうとしていたのは憶えてるの、でもその後は何も憶えていない」

という話でした。そして、胸を強い力で叩かれて苦しくて目が覚めたということです。

半月もすると自分でトイレにいくことができるまで回復したのですが、九月に入ったあ

る朝ふたたび発作をおこして倒れ、美寿は一太郎のために尽くした八十年の生涯を閉じました。

一太郎は足腰が弱っていて、妻が救急車で家から出た時に別れたきりでした。入院中も見舞いに行けず子どもたちの報告だけだったので、亡くなったあとも美寿がいつも近くにいるように感じながら娘に助けられてすごしていました。

それから三年後のある冬の朝に着替えをしていて腰を打ち、一太郎は立ち上がろうとしても身体に激痛が走って動けなくなりました。そのまま近くの駒沢病院に運ばれ入院しました。

その後はベッドに寝たまま治療を受け、見舞いに来た子どもたちとも元気に話をして回復を待ちながら、ひと月半ほどたちました。

そして、リハビリテーションをはじめた日の夜、胸に痛みを感じ、医者から狭心症を忠告されましたが、その翌朝に心筋梗塞の発作をおこし、胸の痛みで意識が混濁するようになりました。病院から連絡を受け駆けつけた子どもたちに囲まれ見守られるなか、一太郎は美寿が傍にいるように感じながら意識がうすれていきました。

明治、大正、昭和の三代を生きた一太郎が齢《よわい》九十一で妻のもとに旅立った年は、翌年の正月七日に昭和天皇が崩御されたため、昭和の代の最後の年となりました。

そして、天皇が崩御されたその翌日に皇位が継承されて、元号が「平成」に改まり、一太郎の子や孫たちの世がはじまりました。

（完）

後記

百数十枚の原稿用紙にしたためられた自筆の原稿が、明治生まれの九十翁の没後に見つかりました。『一太郎おじいちゃんの生涯日記』という表題の、その原稿の「後記」には次のような一文が記されています。

「（略）私が生きてきた時代は、現代日本の変遷そのものであり、急流の響きのような時代の物々しさを、我が生涯の浮沈のなかに知ることができると思う。このような世の中の急激な変化のなかで、私も社会人の一人として各時代に適応しながら少年期、青年期、壮年期を経て老年期の渦のなかに生きている。このことは、いつの時代でも家族の人々の協力はむろん、友人たちの助力によることで、感謝のことばは尽きない。

私は五歳の幼年期に父母と生きながら別れたため、両親の愛情を知らない。このためか、未だに心のどこかに孤独の寂しさがある。だから、人一倍我が子たちの前途を深く考えこむ癖があるのだろう。

少年期から青年期までを邪道に踏み迷うこともなく、己の思うままに正しく過ごすことができたのは、祖母の愛情のおかげで孤独も癒されていた。このことが自らの心を動かし、父や叔母たちのもとから祖母を連れ戻し、妻の協力を得て手許で最期を看取ることができて、深い愛情に報い得たことは生涯の喜びである。

私が生まれ育った家は、私が十二歳の冬に祖父の病死を契機として、倒産のうちに祖母や叔母たち、そして父親とも離散する運命をたどり、私はこの時から実際に孤独の生活を余儀なくされた。（略）この時に始まるこの生涯日記は、この十二歳の十二月十日から八十四歳の今日までの、路傍の石ころの物語である。

昭和五十六年　春　　　　　　　　　　　　　一太郎　記」

この原稿をもとに、明治、大正、昭和三代を通して生きた深川生まれの江戸っ子の家族物語として、本書をまとめてみました。それは取りも直さず、一庶民が体現した市井の日本近代史でもあると思います。

明治初年から昭和が終わるまでの約百二十年間に渉るこの物語は、前半が維新の内戦、日清や日露の外国との戦争、第一次と第二次の世界大戦など、日本国民は大きな戦乱と社会の激動のなかにありました。物語は昭和の代が平成に替わるところで一旦終わりますが、この後記を書き終わった時、平成天皇の譲位で時代はふたたび移りました。

今、明治初年から百五十余年となりますが、大戦後の平和憲法のお陰で我が国は後半の七十数年、戦争のない日々を重ねてきました。激動の過去を顧みつつ、市井の平和がつづくことを祈ってやみません。

令和元年　初夏　　筆者

乾　明（Inui Akira）
本名　福井正明
1938年東京生まれ
早大卒、盛岡市在住
近年の著書
『巷説ビザンティン建築』（アートフォーラムいわて　2012）
『（ビザンティン）モザイク画の女たち』（文芸社　2015）
『特美と共に69-03』（アートフォーラムいわて　2017）

巷の三代記

2019年8月29日　初版第1刷発行

著　者　乾　明
発行所　ブイツーソリューション
〒466-0848 名古屋市昭和区長戸町4-40
TEL：052-799-7391 / FAX：052-799-7984
発売元　星雲社
〒112-0005 東京都文京区水道1-3-30
TEL：03-3868-3275 / FAX：03-3868-6588
印刷所　藤原印刷

万一、落丁乱丁のある場合は送料当社負担でお取替えいたします。
ブイツーソリューション宛にお送りください。
　ISBN978-4-434-26383-5